AF473147

RÉPONSE DES AUTEURS DU JOURNAL ENCYCLOPÉDIQUE

A LA LETTRE

DE

MM. LES DOCTEURS

EN THEOLOGIE

DE L'UNIVERSITÉ DE LOUVAIN,

CONTRE CE JOURNAL

A LIÉGE;

De l'Imprimerie du Bureau du Journal.

M. DCC. LIX.

PRÉLIMINAIRE.

'Etabliſſement du Journal Encyclopédique à Liége eſt dû au concours de pluſieurs circonſtances, qui paroiſſoient favorables à ce projet. Cette Ville tient de ſa poſition l'avantage d'être comme un centre, d'où l'on peut aiſément faire circuler un ouvrage dans toute l'Europe. M. Rouſſeau, qui eſt à la tête du Journal, s'étoit déterminé ſur cette idée à préférer le ſéjour de Liége à celui de Manheim, malgré les avantages que ſembloient lui promettre dans cette derniere Ville, les bontés dont l'honoroit, & dont l'honore encore aujourd'hui l'Electeur Palatin. Ce Prince, qui eſt ami des Arts & des Sciences, lui en donna une preuve bien ſignalée, en le recommandant de ſon propre mouvement au feu Comte d'Horion, Grand Maître & premier Miniſtre du Cardinal de Baviere, Prince & Evêque de Liége. Le Comte d'Horion, en obtenant du Prince le Privilége pour le Journal Encyclopédique, voulut illuſtrer cette Ville qui n'étoit alors connue dans la République des Lettres que par ſon Almanach. Tout étoit bien concerté de la part de M. Rouſſeau; mais une choſe qui lui échappa, fut de n'avoir pas aſſez réfléchi ſur le danger qu'il y avoit à introduire un Journal Philoſophique dans une Ville qui n'étoit rien moins que Philoſophe. La ſuite ne lui a fait que trop voir combien il y avoit de réalité dans ce péril.

Le Journal n'avoit point encore parû, que quelques Liégeois en firent la critique; ils croyoient apparemment qu'il étoit impoſſible de tranſplanter les Sciences & les Arts dans leur Ville. Cependant les ſuccès du Journal leur en impoſèrent; ſa réputation qui croiſſoit tous les jours, perſuada à quelques Eccléſiaſtiques, qu'il y auroit pour eux de la gloire à en être les Cenſeurs. Mais ceux qui aſpiroient à cette gloire, n'avoient pour eux qu'une ombre de Théologie, une Philoſophie tout auſſi vaine, & une parfaite ignorance de ce qui concerne la Littérature. Le Comte d'Horion qui connoiſſoit la nullité de leur prétendu ſçavoir, leur refuſa le dangereux honneur d'être les Juges d'un Journal qu'ils n'étoient pas capables d'entendre; il ſe réſerva de nous avertir, s'il s'y gliſſoit quelque choſe qui méritât d'être repris. Ce Miniſtre né avec un tact fin & délicat, joignoit à beaucoup de jugement un eſprit très-éclairé. Nous pourrions citer ici d'autres perſonnes, dont l'eſprit a franchi les barrieres de l'ignorance, & qui étoient bien capables de nous juger, & de nous donner des leçons. Mais peu accoûtumées à ſe captiver pour un objet qui demande des ſoins journaliers, diſtraites d'ailleurs par leurs propres affaires, elles étoient bien éloignées de ſe charger du rôle de Cenſeur. Nous fumes donc abandonnés à nous mêmes.

Deux années s'écoulèrent ſans qu'on penſât à nous inquiéter, Malheureuſement pour nous on vint à attaquer le Dictionnaire Encyclopédique. Nous avions loué cet ouvrage, & nous en avions emprunté le nom. Pouvions nous n'être pas coupables aux yeux de ceux qui jugeoient de nous ſur le mal qu'on diſoit de l'Encyclopédie? Dans l'impuiſſance où ils étoient de nous vaincre par leurs raiſons, ils ſe bornèrent à inſpirer contre nous à Liége la même horreur, qu'on tâchoit d'inſpirer à Paris contre les Encyclopédiſtes. Ainſi notre Journal paya pour le Dictionnaire Encyclopédique. Cette haine dont on rempliſſoit les eſprits contre nous, n'étoit qu'un eſſai des forces qu'on devoit bientôt après employer pour nous perdre. On ſe hazarda à faire un mémoire qui eût anéanti le Journal, ſi des injures pouvoient jamais être des raiſons. Nous connoiſſons le Curé qui jugea à propos, pour le bien de la Religion, de ſe deshonorer par une piéce auſſi miſérable. Elle fut envoyée directement au Prince qui la renvoya ſur le champ au Comte d'Horion pour l'examiner. Ce Miniſtre ne vit dans ce mémoire que l'ouvrage de la haine & de l'ignorance. Meſſieurs les Curés ne dûrent pas être contens du compliment qu'il leur adreſſa; il leur fit entendre en termes clairs & expreſſifs, qu'ils ne devoient s'en prendre qu'à eux mêmes du ſcandale que leur donnoit un Journal où par tout ailleurs on trouvoit de quoi s'édifier; qu'il leur conseilloit, *pour ne point exposer leur foi, de ne le lire jamais; qu'il contenoit une nourriture trop forte pour des gens qui comme eux ne s'étoient nourris que des vaines subtilités de l'Ecole.*

Nos Ennemis comprirent qu'ils ne gagneroient rien avec le Comte d'Horion. L'espéce de mépris dont il les avoit couverts, ne fit que les irriter davantage. Ils envelopperent dans les ténébres leurs complots pernicieux. Au lieu de nous attaquer par des écrits solides & raisonnés, ils mirent en usage mille petites iniquités, qui sont la ressource des petites ames. Ils réussirent, par exemple, à faire publier dans la Gazette Ecclésiastique un Article contre notre Journal : nous méprisâmes ce trait parti de trop bas pour pouvoir nous atteindre. Ils supposerent une Lettre de Rome, afin de faire insérer dans la Gazette d'Utrecht que notre Journal avoit été mis à l'*Index*; ce qui a été depuis démenti hautement par la même Gazette.

Las enfin de la mauvaise réussite de tant de projets, ils étoient résolus à attendre du tems ce qu'ils n'avoient pû exécuter, lorsqu'un Chanoine de St Pierre, nommé Ransonnet, leur représenta qu'ils ne devoient désespérer encore de rien, puisqu'il leur restoit l'Université de Louvain; qu'il ne s'agissoit que d'y gagner quelques Docteurs & de surprendre leur suffrage; que les meilleures raisons ne tiendroient jamais contre l'autorité de leurs noms. Cette réflexion frappa les esprits, & il fut décidé qu'on tenteroit cette voye. A Dieu ne plaise que nous voulions imprimer ici sur le Synode de Liége une flétrissure; nous respectons l'autorité légitime dans l'abus même qu'en font quelque-fois les passions des hommes; mais pardonnera-t-on à Monsieur J****, ainsi qu'au Comte de G****, Tréfoncier, nos Juges & nos parties, d'avoir compromis, par un zéle inconsideré, le nom de ce Synode? Convenoit-il de faire intervenir un nom aussi respectable, pour extorquer des signatures qui en imposassent au Prince? Le Synode, au nom du quel on demanda ces signatures, fit impression sur l'esprit des Docteurs de Louvain. Ces Messieurs qui sont occupés de soins plus importans que de la lecture de notre Journal, ne présumerent pas que la haine eût dicté la Lettre, à laquelle on souhaitoit qu'ils apposassent leurs noms; ils firent donc tout ce qu'on voulut.

Nos persécuteurs, forts de l'autorité de la Sacrée Faculté de Louvain, s'adresserent de nouveau au Prince pour demander la suppression du Journal. L'absence du Prince qui fait depuis près de cinq ans sa résidence dans la Baviere, nous ôtoit les moyens d'être instruits de tout ce qui se passoit; on machinoit dans les ténébres notre perte. Le Confesseur du Prince fut chargé de répondre au Synode de la part de Son Altesse Emin., qu'elle ne croyoit point devoir supprimer le Privilége d'un ouvrage aussi *utile* qu'*agréable*, & que ce qu'elle pouvoit accorder aux instances de son Synode, c'est qu'on nommeroit un Censeur pour notre Journal. Cette réponse ne remplissoit point les vûes qu'on avoit d'anéantir le Journal. M. J*** intéressa dans cette affaire le Nonce de Cologne; il lui fit entendre que Louvain avoit déja prononcé; que la foi étoit dans un danger imminent, & qu'elle réclamoit son secours. Ce Prélat de qui on avoit surpris la religion, écrivit en conséquence au Prince. Son Altesse Eminentissime fatiguée d'avoir lutté si longtems contre nos ennemis, nous abandonna malgré elle à la merci de leur fureur, ne s'imaginant certainement pas qu'elle iroit aussi loin; au contraire ce Prince presumoit que les choses s'accomoderoient, ce que nous pourrions justifier s'il en étoit besoin. Mais au lieu de supprimer simplement le Journal, nos ennemis crurent ne pouvoir trop flétrir un ouvrage qui faisoit depuis longtems l'objet de leur haine & de leur envie. Comme nous avions des amis puissans qui auroient mis un frein à leur fureur, ils saisirent le moment où ils étoient bien assurés de dominer dans le Synode : ils dresserent la proscription du Journal dans les termes les plus odieux : en vain on leur représenta qu'ils se deshonoroient par un procédé où tout étoit marqué au coin de la passion & de l'atrocité; ils menacerent de faire passer pour des impies tous ceux qui n'épouseroient pas leur haine, qu'ils avoient l'adresse de travestir en zéle pour la Religion. Ce faux zéle triompha des meilleures intentions.

Le scandale, disoient-ils, avoit été public; il faloit donc que la révocation du Privilége le fût aussi. Pour cet effet on fit publier au son de trompe, que le Journal étoit un Livre horrible; rien n'égala en ce moment leur rage. Mais en prostituant l'autorité du Prince, & en la faisant servir d'instrument à leur haine, pensoient-ils faire retomber sur nous le deshonneur dont ils se couvroient? Et la Lettre, où ils prétendoient avoir développé le poison contagieux du Journal, étoit-elle moins, après cet acte d'autorité, un écrit pitoyable? S'ils ont cru que notre Journal fût un Livre dangereux, nous leur pardonnons d'avoir voulu nous enlever ceux qui étoient restés dans le Magazin. Après avoir déchiré, autant qu'ils avoient pû, notre réputation dans le pays, ils avoient également droit d'y ruiner notre fortune. Mais que répondront-ils au Tribunal du Juge suprême, quand ils seront forcés de reconnoître dans nous les victimes de leur haine & de leur ignorance? De quel front soutiendront-ils les reproches de la Religion, dont ils paroissent n'avoir arboré l'étendard que pour nous porter des coups plus sûrs?

De quelles injustices cette premiere injustice n'a-t-elle pas été suivie! Ils nous ont persécuté à Liége, ils continuent à nous persécuter dans le lieu de notre retraite, * & même dans les lieux, où nous ne sommes pas. Nous sommes instruits de bonne part, que le Chanoine Ransonnet, dont nous avons eu déja occasion de parler, a été député à Paris pour solliciter la Sorbonne contre nous. Cet honnête Ecclésiastique est une espéce de Janséniste, qui affecte de montrer beaucoup de zéle contre les impies & même contre ceux qui ne le sont pas, pour laver apparemment cette tâche aux yeux de ses Concitoyens. A force de déclamer contre nous, il est parvenu à se faire un parti. Mais ce qui est le comble de l'humiliation pour ceux qu'il a séduits, c'est qu'ils l'ayent été par un homme qui n'est rien moins que séduisant. Que n'avons nous ici les deux Lettres qu'il a écrites, il y a environ trois mois, au Gazetier de Cologne, pour l'engager à mettre dans ses nouvelles publiques la Lettre qui paroît aujourd'hui sous le nom de Messieurs les Docteurs de Louvain! C'est bien le plus parfait galimathias qu'on ait jamais lu. Les lettres du fameux Abbé de St Cyran, dont le Pere Bouhours l'a raillé si ingénieusement, ne sont rien en comparaison. Rien n'est plus plaisant que de lui entendre dire, que le Prince a *transformé* notre Journal en Instruction pastorale, dès qu'il en a permis l'impression. Mais comme le terme de *transformé* ne lui paroissoit pas assez énergique pour rendre son idée, il crut devoir dans une seconde Lettre lui substituer le terme de *Transfiguré*. Ainsi notre Journal lui paroissoit *Transfiguré* en mandement. Il est vrai qu'il hésita quelque tems s'il employeroit en parlant du Journal une expression consacrée dans l'Evangile à désigner le miracle du Tabor. Il consulta à ce sujet le Dictionnaire de Trévoux & celui de l'Academie des Sciences; & quoique ces deux Dictionnaires n'appliquassent le mot *Transfiguré* qu'à ce miracle, il y trouva je ne sçais quoi d'heureux, qui le lui fit adopter par preference. Nous ne chargerons point le portrait de cet Enthousiaste; les scenes originales qu'il a données dans Liége, sont audessus de tout ce qu'on pourroit dire, & certainement il ne s'en tiendra pas là; un homme qui a la ressource de faire publier des Libelles dans les Gazettes, cherchera sans doute les moyens d'adoucir le chagrin d'avoir été demasqué.

Quel scandale pour les Chrétiens que le faux zèle puisse se couvrir des intérêts de la Religion, au point d'en imposer aux simples, & de prévaloir contre l'innocence! Une des marques à laquelle on peut le reconnoître, c'est sans doute la fureur & l'emportement auxquels il s'abandonne. Nous laissons à ceux qui se sont portés aux derniers excès contre nous, à s'examiner sur ce point important, & à voir si en nous haissant cordialement, ils ont cru remplir le précepte de l'amour divin. Mais enfin quel peut être le motif de cette animosité qui sembloit redoubler à mesure que nous avançions dans notre carriere? Ce ne sont point certainement nos systêmes hardis & dangereux. Quelque attentifs qu'ils ayent été à découvrir des erreurs dans nos Journaux, ils n'ont point eu la consolation de nous en reprocher aucunes dans ceux qui ont paru depuis un an. Le motif qui les a fait agir, & qui les a rendu furieux contre nous, n'est autre qu'un dépit secret de voir tomber leur estime, à

* La lettre qu'ils viennent d'écrire contre nous à Monsieur le Nonce qui réside à ......, ne justifie que trop nos plaintes en cet endroit.

mesure que nous dissipions les ténébres d'une longue nuit, à la faveur de la lumiére que nous puisions dans les divers écrits dont nous rendions compte.

Le feu Comte d'Horion en sa qualité de grand Prévot de Liége, en avoit imposé aux Curés sur lesquels cette dignité lui donnoit un Empire absolu; nous nous imaginions jouir un peu plus tranquillement du fruit de notre travail : les deux personnes dont nous avons parlé plus haut, étoient les ennemis declarés de ce digne Ministre, & tous ceux qui jouissoient de sa faveur, étoient enveloppés dans la haine qui les animoit contre lui; ils machinoient sourdement contre nous; ils ne s'étoient point encore découverts; nous dirons ici à la honte de l'un de ces persecuteurs, qu'ayant eu occasion de le voir, il nous a toujours comblés de politesses, nous a temoigné qu'il s'interessoit à nos succés, nous en a felicités, & cela dans le tems même qu'il tramoit notre ruine. N'étoit ce pas alors qu'il devoit nous avertir de nos prétendus égaremens, si le zele de la Religion l'avoit veritablement animé? Epargnons nous ici toute reflexion, & ne sortons pas des bornes d'une legitime deffense.

Enfin le 24 May de cette année une mort prompte nous enleva notre protecteur; & dès ce moment même, nous nous trouvâmes à la merci de nos ennemis; notre sort fut dans leurs mains; mais comme par notre travail & notre conduite nous nous flations d'avoir dissipé leurs fureurs, & que d'ailleurs nous n'avions rien à nous reprocher, nous ne pensâmes point à faire la moindre démarche pour assurer notre état; cependant rien n'étoit plus aisé, si nous avions pu prevoir jusqu'où pouvoit aller leur haine. Le Prince qui protegeoit & même estimoit notre travail & notre personne, nous auroit certainement mis à l'abri de leurs fureurs. S. S. E. ne s'attendoit pas que les choses iroient si loin; nous en avons la preuve : quoiqu'il en soit, tirons le rideau sur toutes ces horreurs. Cette tempête nous a jettés dans le port, Benissons en la providence.

Au reste nous ne sommes pas les premiers qu'on ait persécutés à Liége. Le grand Arnaud lui même, si célébre dans la Republique des lettres, n'a-t'il pas essuyé le mépris injurieux de tous les Réligieux de la Ville de Liége? Ils appelloient un *certain Arnold* l'homme du monde qu'ils devoient le plus respecter. Voici le Decret qu'ils portérent contre lui. „ La „ latinité, dit Bayle qui le rapporte (voyés par curiosité dans son Dictionnaire l'article „ ARNAUD) en est si exquise, qu'elle pourra délasser un peu mon Lecteur. *Nos infra* „ *Scripti superiores conventuales Regularium in civitate Leodiensi, certiorati de conventiculis, quæ* „ *habentur apud CERTUM ARNOLDUM doctrinam suspectam spargentem, censemus D. Vica-* „ *rium Charitative certiorandum, ut similia conventicula dissipare & prohibere non dedignetur etiam* „ *cum dicto Arnoldo conversationes. Datum in conventu minorum hac 25. Augusti 1690. Ad* „ *quem effectum Commisimus R. D. M. Ludovicum Lamet Priorem Dominicanorum, ad nomine* „ *nostro accedendum D. Vicarium, & exponendum intentionem nostram.*

„ Si la persécution que nous avons essuyée dans la Ville de Liége ne doit pas nous faire regretter ce séjour, au moins sommes nous flattés d'y avoir jetté dans les esprits les germes des Sciences. Nous espérons qu'ils ne tarderont pas à s'y developper, & que Liége sortira enfin de l'ignorance où l'a tenue trop longtems la superstition, ce fléau des Sciences. Cette vûe nous console par avance des maux que nos ennemis ont voulu nous faire souffrir.

RÉPONSE
A LA LETTRE
DE MM. LES DOCTEURS
DE L'UNIVERSITÉ DE LOUVAIN
CONTRE LE JOURNAL ENCYCLOPÉDIQUE.

MESSIEURS,

L'Idée que vous avez conçue de notre Journal, comme d'un livre qui porte dans les esprits & dans les cœurs des germes d'irréligion & de corruption, a été pour nous un objet d'étonnement, qui égale pour le moins le scandale que vous nous imputez. Nous étions instruits, que sous le spécieux nom de zèle, des gens mal intentionnés cabaloient en secret contre nous; leurs vaines clameurs ne nous paroissoient alors que comme l'écume d'une Mer en furie qui va se briser contre des rochers. Mais que ne peut la haine qui veille sans cesse, pour opprimer l'innocence qui se repose en elle même! Après avoir réussi à allarmer la Religion des vénérables Curés de cette Ville, elle est encore parvenue à arracher de vos mains la foudre dont elle voudroit nous écraser.

Il est bien cruel pour nous de trouver aujourd'hui parmi nos ennemis ceux mêmes dont nous ambitionnions le suffrage éclairé. Tandis qu'on applaudit de toutes parts à nos efforts, & que la France & l'Italie, ces deux contrées, où la Philosophie fleurit à l'ombre de l'Orthodoxie, rendent à nos sentimens un témoignage honorable; tandis qu'on nous fait l'honneur de traduire notre Journal à Lucques, où il reçoit l'accueil le plus favorable, & que nous pouvons prouver de la manière la plus évidente, qu'il obtient le suffrage de tout ce qu'il y a de plus grand dans l'Eglise, dans la plûpart des Cours de l'Europe, & des Academies les plus célébres, nous ne pouvons qu'être surpris de nous entendre diffamer parmi nos Concitoyens. Orthodoxes à Rome, à Paris, à Vienne, &c. par quelle étrange fatalité nous voyons nous tout à la fois Hérétiques, Déistes, Athées, dans Liége & Louvain? Il y a plus : quel tems a t'on choisi pour attaquer notre foi ? Celui-la même où dans une longue suite de Journaux nous avons déposé les monumens de l'Orthodoxie la plus pure. Qu'on relise les volumes de toute l'année ; ils contiennnent une apologie bien éclatante de nos sentimens. En supposant qu'il se fût glissé quelque chose de moins exact dans les Journaux anciens, nos precautions, lorsque nous nous sommes trouvés entre les écueils d'une Philosophie hardie & d'une foi imbécille, auroient dû jetter un voile sur quelques endroits peut-être répréhensibles. Mais si l'on y a attaché une idée d'importance, pourquoi ne les a t'on pas relevés dans le tems ? Pourquoi a t'on attendu que nous ayons consigné dans nos écrits mille preuves de notre attachement à la Religion, pour venir après nous disputer jusqu'à ces sentimens religieux dont nous sommes le plus jaloux ? Il y en a une très bonne raison, dont il nous importe qu'on soit instruit.

Si nous nous rappellons bien l'époque des évenemens, on n'a commencé à prendre quelque ombrage contre nous, que depuis qu'on s'est élevé contre l'Encyclopédie. On n'avoit jusqu'alors trouvé rien à redire dans notre Journal, si ce n'est peut-être l'espèce d'analyse que nous avions donnée du Poëme de la *Pucelle.* Mais comme le Journal étoit alors dans son berceau, on nous faisoit grace de cette débauche d'esprit. On ne pensoit guère à inquietter notre foi. On ne l'a fait que depuis la tempête qui se forma, il y a près de deux ans, contre le Dictionnaire Encyclopédique. Voici comment raisonnèrent nos ennemis ; car nos succès nous en avoient déja procuré un assez grand nombre. „ Le Dictionnaire Encyclopédique cause dans Paris une „ fermentation violente. On le représente comme un livre dangereux, dont le but est „ de corrompre les mœurs, de renverser la barrière qui sépare le bien & le mal, de „ délier imperceptiblement les nœuds qui attachent les sujets aux Souverains, de „ rassembler autour de la foi des nuages qui la cachent à la raison, d'indisposer peu „ à peu les esprits contre elle, de leur faire essayer leur forces contre la révélation, „ en attendant qu'ils puissent les éprouver contre Dieu même. Or il n'est pas possible „ que le Journal qui porte le nom de ce livre dangereux, n'en contienne les principes ; „ il doit donc être soumis au même anathème. „ C'est ainsi que l'envie versa sur nous le poison qui la devore. La conformité du nom seul parut à nos ennemis un motif suffisant pour faire retomber sur nous les traits qu'on lançoit à Paris contre les Encyclopédistes.

Enhardis par la cabale qui se déchaînoit en France contre le Dictionnaire, ils ébauchèrent ici une espece de critique ; & pour nous rendre plus criminels, ils copièrent le préambule d'un Mandement de l'Evêque de Montauban, dont ils crurent apparemment l'application très juste à notre égard, parce qu'on y déclame contre les impies. Cette déclamation fut accueillie avec tout le mépris que mérite l'ignorance qui veut s'ériger en Théologienne & en Réformatrice. Furieux d'un si mauvais succès, nos ennemis se vengèrent par de nouveaux torts de celui qu'ils avoient déja vis-à-vis de nous. Nous leur devinmes d'autant plus odieux, qu'ils n'avoient pu nous perdre. En un mot, ils se sont consolés de n'avoir pas eu raison contre nous, par le grand nombre de personnes qu'ils ont associées à leur haine.

Les esprits étoient ainsi disposés à notre égard, lorsque le livre de *l'Esprit* parut. Le poiſon qu'il contient, venant à s'exhaler avec le tems par la lecture réfléchie qu'on en faiſoit, les clameurs redoublèrent contre l'Encyclopédie. On croyoit voir dans ce livre les principes dont l'autre développoit les conſéquences. La chûte du livre de *l'Eſprit* entraîna celle du Dictionnaire; il fut ſupprimé par un Edit du Roi. Nos ennemis * ont cru l'occaſion favorable pour aſſouvir enfin leur haine juſqu'alors impuiſſante. Ils ont dit; le Journal Encyclopédique fait en mille endroits l'éloge du Dictionnaire de ce nom; il en adopte donc les erreurs. Cette réflexion ne leur a pas échappé, elle eſt trop naturelle à des gens qui n'en ſçavoient pas davantage.

Mais quelles ſont ces erreurs que nous avons tranſportées du Dictionnaire dans notre Journal? Ils ſeroient bien embarraſſés à le dire. En effet, ce n'eſt que d'une foi implicite qu'ils connoiſſent les erreurs qu'on attribue au Dictionnaire, & dont par contrecoup ils nous accuſent; comme ſi, parceque nous avons emprunté le nom de ce Dictionnaire, nous étions cenſés nous approprier tout ce qui y eſt conſigné. Eſt-ce donc que l'erreur ſe trouveroit dans le nom, & non pas dans les choſes? Il y a plus: parmi le grand nombre d'articles que nous en avons preſenté à nos Lecteurs, y en a t'il un ſeul qui ait été attaqué par les ennemis de cet ouvrage? Cette obſervation juſtifiera tout au moins le choix que nous avons ſçu faire.

Qui n'eût cru, Meſſieurs, qu'interrogés ſur les erreurs dont on charge notre Journal, vous diſcuteriez les endroits les plus critiques & les plus épineux, & que vous preſſeriez les expreſſions les plus ſuſpectes pour en faire ſortir le poiſon? Cependant vous nous permettrez de vous dire que vous ne l'avez pas fait. Vous vous êtes contentés de renvoyer à pluſieurs Auteurs, que vous qualifiez *d'illuſtres*, & qui vous paroiſſent avoir rempli dignement leur tâche contre les Impies modernes. Il faut ſans doute, Meſſieurs, que vous ne les ayez pas lus, pour leur prodiguer ainſi vos éloges, & pour croire qu'ils ayent rendu un ſervice important à la Religion. Leur deſſein étoit certainement très louable, mais il faut plus que de bonnes intentions, pour l'accomplir, nous en voyons tous les jours la preuve. Celui qui s'eſt chargé de votre reponſe, a compromis en quelque façon la haute réputation dont vous jouiſſez à ſi juſte titre, & celle même de Meſſieurs les Paſteurs de Liége, pour leſquels nous aurons toûjours tous les égards qu'ils meritent. Mais étoit-ce éclaircir leurs difficultés que de repondre, que nous avons loué avec oſtentation les Monteſquieu, les Voltaire, & les auteurs Encyclopédiſtes? En accordant même que leurs écrits ſe reſſentent de l'incrédulité qui eſt aujourd'hui ſi fort à la mode, c'étoit mal conclure des éloges dont nous les comblions, que notre foi étoit ſuſpecte. Tout n'eſt pas impie dans un Auteur qui affiche l'irreligion; & ſi nos louanges ne tomboient que ſur les endroits que l'eſprit & la raiſon peuvent revendiquer, on ne voit pas comment elles pourroient fournir des armes contre nous.

Nous n'avons, Meſſieurs, que nos raiſons à oppoſer à l'autorité de vos noms. S'ils ſe trouvent dans la lettre que nous examinons, nous ſommes bien ſûrs que ce ne peut

* Nous ne comprenons ſous cette denomination ni le corps reſpectable de Mrs. les Curés de Liege, ni Mrs. les Docteurs de Louvain; mais des gens mal intentionnés qui ont envoyé contre nous à tous les gazetiers des libelles auſſi plats que revoltans, qui nous ont été communiqués, & dans leſquels la religion, la raiſon, l'Eſprit de paix & de charité Chrétienne, l'autorité même, tout en un mot étoit compromis de la maniere la plus ſcandaleuſe.

être que parce qu'on a ſurpris votre Religion. L'Auteur même de la Lettre s'en eſt trop fié aux Ecrivains qui ont attaqué tant *l'Eſprit des loix*, que *l'Encyclopédie.* Leur zèle pour la Religion lui en aura ſans doute imposé ; & il aura cru plus commode de les en croire ſur leur parole, que d'aller ſe plonger dans les abymes profonds de tant de queſtions que ces deux ouvrages ont occaſionnées. Mais avant de juſtifier notre foi, nous allons repondre à tous les reproches qu'on nous fait ; & afin qu'on ne nous ſoupconne point d'avoir deguiſé quelque choſe, nous rapporterons la lettre en queſtion & notre reponſe. Cette maniere de procéder eſt la plus ſimple. D'ailleurs ceux qui ne verroient que notre juſtification, s'imagineroient peut-être que la cenſure contre laquelle nous nous élevons, eſt beaucoup plus importante, & capable de renverſer notre établiſſement, comme il paroît qu'on en a formé le deſſein. Mais aux yeux d'un Public éclairé & du Prince qui protége notre travail, il faut des raiſons ſolides. Entrons en matiere.

LETTRE
DE MM. LES DOCTEURS
De l'Univerſité de Louvain, &c.

VOus nous faites l'Honneur de nous conſulter ſur un Ouvrage périodique, qu'on débite à Liége depuis l'année 1756, nommé le *Journal Encyclopédique*, qui, ſelon que vous nous informez, ſcandaliſe beaucoup de monde de votre Pays, & vous craignez, que ſes principes empoiſonnés n'infectent tôt ou tard les troupeaux que Jéſus-Chriſt a confiés à vos ſoins. C'eſt avec grande raiſon que votre zèle paſtoral s'eſt allumé à la vue d'un tel Ouvrage, qui ſemble être inventé pour prôner en tous Lieux ces nouveaux livres des prétendus Philoſophes de notre malheureux ſiécle; qui, ſous prétexte de perfectionner la raiſon humaine, ne font que mettre au jour les écarts dont elle eſt capable; qui dégradent en même tems la religion & la raiſon, & ne ſauroient jamais porter d'autre fruit, qu'une corruption générale dans les mœurs.

S'il falloit, nous ne diſons pas réfuter, mais annoncer ſeulement toutes les erreurs qu'on y trouve, il ne faudroit pas vous répondre par lettre; pluſieurs volumes ne ſuffiroient point. D'ailleurs cette tâche eſt déja remplie par pluſieurs illuſtres Auteurs, qui ſe ſont élevés contre ces impies modernes, en leur démontrant la fauſſeté, le ridicule & les contradictions, qui ſe trouvent dans leurs ſyſtêmes; mais qui n'ont pu venir à bout de faire reconnoî-

RÉPONSE
DES
JOURNALISTES.

IL ne ſeroit pas impoſſible que des perſonnes qui voient des erreurs où il n'y en a point, trouvaſſent des obſcénités où la pudeur eſt le plus reſpectée. L'imagination s'allarme quelquefois injuſtement; nous l'éprouvons aujourd'hui. Tout Lecteur équitable, qui ne voit dans les choſes que ce qui s'y trouve, rendra juſtice à notre circonſpection, ſoit lorſque nous avons parlé d'anatomie, ſoit lorſque nous avons égayé par de petites piéces de Poëſie ce que laiſſent d'aride dans notre Journal les matières ſcientifiques. Pour adoucir l'ennui des lectures profondes, il nous a falu placer à leur côté des lectures agréables. La route des Sciences eſt pénible, ennuyeuſe, & hériſſée d'épines; pourquoi envieroit-on à ceux qui s'y engagent, quelques payſages riants & couverts de fleurs, où l'œil ſe promene avec plaiſir?

Pardonnez-nous, Meſſieurs, ſi nous ne vous prenons point pour juges dans cette partie de notre Journal qui vous paroît ſi frivole, parceque nous y jettons quelques piéces fugitives, des deſcriptions de Ballets, des analyſes de piéces de théâtre. Accoutumés comme vous êtes, à écrire ſur les grandes matières, & à converſer avec les SS. PP., dont vous exprimez l'eſprit dans vos ſçavans ouvrages, vous ne pouvez que jetter un œil dédaigneux ſur toutes ces bagatelles. Et nous mêmes, nous ferions quelque difficulté d'abaiſſer là votre eſprit. Mais vous conviendrez, Meſſieurs, que les matieres graves & contentieuſes ne vont pas à tout le monde; & que ſi les ſciences ſont utiles à une ſociété politique pour l'inſtruire, elle a beſoin auſſi des Beaux-Arts pour la parer & la rendre plus agréable.

En cenſurant ſi vivement la partie de notre travail qui a pour objet les matieres frivoles de la Littérature, vous ne faites pas attention que vous intentez un procès à toutes les Cours qui encouragent les repréſentations théâtrales, qui permettent l'impreſſion de ces petites piéces fugitives dont le but eſt de délaſſer l'eſprit, & de fournir aux agrémens de la ſociété. La deſcription que nous en faiſons ſeroit-elle plus criminelle que leur réalité? Vous n'avez pas eu ſans doute en cela intention de blâmer la conduite de tout ce qu'il y a de plus reſpectable dans l'Egliſe & dans le monde, qui ne dédaigne pas d'aſſiſter aux repréſentations Théâtrales; dans quelques Cours nous avons vû des loges affectées à des Religieux de différens ordres qui ſe rendoient aſſidument

tre leurs égaremens à ces Philosophes orgueilleux, qui ne reconnoissent d'autre guide, que leur propre raison obscurcie & corrompue par les passions de leur cœur.

Sans donc approuver toutes les erreurs que nous passons sous silence, nous tâcherons de vous en indiquer ici un petit nombre ; mais qui prouvera assez, que ce Livre n'est propre qu'à corrompre le cœur & l'esprit, qu'à faire avoir une haute idée de plusieurs Auteurs, qui ne font qu'inspirer le libertinage & l'irréligion, & qu'à faire goûter à ses Lecteurs les principes d'un *Dictionnaire Encyclopédique* & d'un Livre *de l'Esprit*, trop fameux aujourd'hui pour ignorer les maximes abominables qu'ils débitent, & qui ne tendent à rien de moins, qu'à la ruine de la religion, de la morale & de l'état.

1°. Commençons par quelques réflexions sur les mœurs & les piéces lubriques, que le Journal annonce. Pourquoi, par exemple, dans l'extrait sur le Poëme de la *Pucelle d'Orléans*, piéce vraiment cynique, fait-il en racourci l'histoire de *ces épisodes*, dont il assure lui-même, que *l'indécence lui interdit les détails* ? N'est-ce pas montrer le chemin aux jeunes libertins, & piquer leur curiosité pour aller puiser à la source qu'on leur indique ? Des piéces pareilles, que Voltaire même a desavouées, ne souffrent aucun abrégé.

L'Epitre à Mademoiselle Coraline, qui suit immédiatement, est encore dans le même goût. A quoi bon rapporter une Piéce de vers, dont quelques images, selon le Journaliste même, *effleurent trop l'indécence* ? Ne prévoit-il pas qu'il y aura bien des Lecteurs, qui les saisiront & les mettront à profit ?

On peut rapporter à cette classe ce grand nombre de Romans & d'autres au spectacle, & l'habitude de les y voir ne scandalisoit personne. Après cela, nous croyons qu'il est permis d'en parler. Il vous est libre, Messieurs, de ne voir que d'un œil sévére ces amusemens, qui tiennent lieu aux hommes d'un plaisir qui les fuit sans cesse ; mais en les décrivant, nous agissons dans les mêmes vûes que les Souverains & les Magistrats qui les permettent.

Quant aux Romans, comme ils peuvent s'élever jusqu'à devenir une école instructive pour les mœurs, nous sommes autorisés à ne point les bannir d'un ouvrage consacré principalement à former l'honnête homme. Ils persuadent ce que les traités de morale ne font qu'enseigner. Nous n'ignorons pas qu'un but si louable est souvent manqué par les Romanciers, & que sur le fond hideux du vice ils répandent des fleurs à pleines mains, & en relevent la difformité par les plus belles couleurs. Mais si ces Romans trouvent quelquefois place dans nos Journaux, c'est pour y recevoir la flétrissure qu'ils méritent. Nous n'en parlons pas dans le dessein de les faire connoître ; ils se répandent assez d'eux mêmes, mais pour prémunir ceux à qui il reste encore de la vertu, contre leurs traits licentieux. Nous pensons que les correctifs qui viennent à la suite des images dont un crayon grossier fait frissonner la pudeur, sont une nouvelle insulte faite à cette vertu : & notre Journal, quoiqu'en dise l'Auteur de la lettre, ne dément en aucun endroit cette façon de penser qui nous caractérise, pas même celui où nous avons parlé de *la Pucelle d'Orleans*.

Ce Poëme ayant fait beaucoup de bruit dans le monde, & le nom de son Auteur étant trop célébre pour ne pas exciter la curiosité sur un ouvrage préconisé si longtems avant sa naissance, nous crumes devoir en faire mention. La maniere dont nous l'avons fait, auroit bien dû nous épargner la grave censure qu'on se permet ici à notre égard. En tirant de cet amas d'ordures, dont M. de Voltaire s'est plaint qu'on a sali son poëme, * une petite partie de l'or qui s'y trouve, (*cum flueret lutulentus, erat quod tollere velles*,) nous avons certainement prouvé que nous étions bien éloignés d'approuver ce poëme, qu'on peut regarder, dans l'état où il est, comme le scandale du siécle, par le mêlange affreux qu'on y trouve du sacré avec l'obscénité la plus grossiére. Pour des personnes, en qui l'éducation & la Religion entretiennent encore des sentimens d'amour pour la vertu, nous en avions dit autant qu'il en faloit pour détourner de ce poëme leurs regards téméraires. Peut-être n'en devions nous point parler ; mais de quoi auroit servi notre silence, sur tout dans cette ville, qui étoit inondée des exemplaires de ce poëme ? Par le compte que nous en rendions, nous dispensions de le rechercher avec tant d'empressement. Quoiqu'il en soit, la pudeur n'a rien ici à nous reprocher.

---

* Nous avons vu le veritable manuscrit de ce poëme où il s'en faut beaucoup qu'il y ait autant d'indécences qu'on en trouve dans les éditions de cet ouvrage, entr'autres l'Episode de la *Présidente* ; nous ne citerons point l'Auteur auquel on attribue ces infamies ; il auroit trop à rougir ; mais il est constant que M. de Voltaire n'y a aucune part ; & voila ce qu'il desavoue.

Piéces fugitives, dont l'Auteur remplit souvent ses Journaux : comme si on ne pouvoit pas être universel en toutes les sçiences, sans connoître ces fables amoureuses, qui ne feront jamais partie d'une solide érudition, & qui n'ont d'autre effet, que de gâter l'esprit de la jeunesse.

Faut-il que dans un Livre dédié aux Sçiences, des Ouvrages aussi frivoles & aussi pernicieux trouvent leur place ? Le Journaliste est convaincu qu'ils ont ce caractére, puisqu'après avoir annoncé les Romans nouveaux, Tom. 3. page 2. f. 66. il conclut finalement : *Tous ces Romans sont remplis d'indécences & vuides d'intérêt ... Tout y respire la dépravation des mœurs, & rien ne rappelle un moment à la vertu.* Et ailleurs il ne craint pas de dire : *La plupart de nos Romanciers ont gâté l'idée qu'on doit se former des Romans. La frivolité & la corruption des mœurs semblent avoir été leur unique but.* Non obstant des aveux si clairs, on fait connoître ces Livres, on perd son tems à en faire un extrait, & à en donner une idée à mille personnes, qui sans cela n'en auroient jamais entendu parler. Est-ce peut-être le devoir d'un *Encyclopédiste* d'écrire pour les libertins autant que pour les vertueux ? Et pour ménager un peu ceux-ci, on y ajoûte à la fin quelques prétendus correctifs, qui n'ôtent aucunement les images sales, qu'on à tracées, ni n'en excusent l'indécence.

Le Journal porte encore un caractére de frivolité dans les annonces, qu'il fait continuellement de ces Ballets representés tantôt sur l'un, tantôt sur l'autre Théâtre ; descriptions qui seroient plus en leur place dans les Placards, que les Comédiens affichent aux carrefours pour indiquer les Piéces qu'ils donneront au Théâtre, que dans un Ouvrage consacré aux Arts & aux Sçiences. On passe ici sous

L'extrait que nous avons donné d'une thése de Medécine T. 2. P. 3. de l'année 1756, & qui nous attire l'épithéte d'*impudens*, est une description purement anatomique. Or qui ne sçait que ces sortes de descriptions ne furent jamais rangées parmi les obscénités ? Tous les Journaux, tous les Dictionnaires, les livres de Medécine, les Mémoires Académiques, en contiennent un grand nombre, sans qu'on se soit jamais avisé d'y intéresser la pudeur. La nature qui forme le corps humain, auroit-elle donc à rougir de son propre ouvrage ? Nous disons plus, & nous en avons la preuve en main, les meilleurs Journaux ont souvent presenté les mêmes objets avec beaucoup moins de circonspection que nous, & l'on ne s'est jamais avisé de le leur reprocher ; n'est ce pas une des taches les plus importantes d'un Journaliste de rapporter tout ce qui peut contribuer à la conservation des hommes ? Au fonds une description anatomique parle à la raison, & ne dit rien aux sens. Ce qui les met en mouvement, ce sont les expressions consacrées par le libertinage ; expressions qui réveillent des idées accessoires, où se peint la volupté avec tout le cortége de la corruption qui la suit. L'imagination s'allume par le soin même qu'on prend à lui dérober une partie des objets sous un voile transparent. Aussi les livres les plus dangereux sont ceux où l'on couvre d'une gaze les choses dont la nudité révolte.

La fornication est assurément un péché en matiere grave ; mais on ne voit pas bien pourquoi, de ce que nous en avons parlé, on conclud que nous allarmons la pudeur. Y a-t-il dans nos expressions la moindre nuance qui effleure même l'indécence ? Si nous sommes donc ici répréhensibles, ce ne peut être qu'autant que nous nous serions mal exprimés théologiquement. Or de ce côté là même nous ne donnons aucune prise sur nous à la critique la plus sévére. Car de dire avec l'auteur de la lettre, que loin d'inspirer de l'horreur pour la fornication, nous exténuons au contraire ce vice, en le faisant marcher de pair avec l'abstinence des chairs étouffées sous la loi des Juifs, c'est attaquer le St. Esprit même qui met sur la même ligne ces deux péchés. * Ce que nous en avons inferé, c'est qu'il faloit ou que la manducation des chairs étouffées fût traitée par les Juifs comme un grand mal, ou que la fornication fût regardée comme une simple faute contre la loi, plutôt que comme un crime. Mais la manducation des chairs étouffées (indifférente en elle même) peut elle marcher de pair avec la fornication, sans que celle-ci ne soit également indifférente en elle même ? Ainsi la fornication, que proscrit la loi naturelle, ne sera plus illégitime que par la défense d'une loi positive. Cette conséquence ne résulte point de ce que nous avons dit. La loi de Moyse doit être envisagée comme une loi civile, surajoutée à la loi naturelle ; & cette qualité ne lui ôte point celle de loi divine, parce qu'effectivement elle émanoit de Dieu même. Le gouvernement des Juifs étant théocratique, leurs loix même civiles étoient marquées au sceau de la Divinité. En qualité de Roi temporel des Juifs, Dieu se conduisoit à leur égard comme un souverain, qui ne punit les cri-

* *Ut abstineatis vos ab immolatis simulacrorum, & sanguine, & suffocato, fornicatione. Act. Apost. Cap. 15. v. 29.*

silence les passions, que ces Ballets représentent quelquefois d'une maniére si vive & si propre à porter la corruption dans le cœur, comme on peut s'en convaincre en parcourant le Journal.

Mais rien ne surpasse en matiére d'impudence l'extrait, que le Journaliste donne d'une Thése de Médecine T. 2. p. 3. & dont la pudeur nous défend de rien dire davantage.

La maniére encore dont il parle de la fornication après le Dictionnaire Encyclopédique (T. 1. p. 3. 1758.) au lieu d'inspirer de l'horreur pour ce vice, diminue au contraire ce crime, en le faisant marcher de pair avec l'abstinence des chairs étouffées sous la loi des Juifs.

Enfin entre ces Piéces lubriques on peut fort bien placer le Sermon Espagnol rapporté T. 7. p. 1. 1758. S'il a été prêché de la sorte, comme on veut bien le supposer, le Prédicateur a abusé bien étrangement de la sainteté de son ministére. Mais est-ce une nouvelle assez intéréssante pour être annoncée à l'univers, qu'il y a eu un sot Prédicateur en Espagne? Ne pourroit-on peut-être pas soupçonner, qu'on veut faire tomber ce ridicule sur les Prédicateurs, & généralement sur les Sermons de Morale?

Mais c'en est assez, Messieurs, sur cette matiére. Nous n'aurions jamais fait, si nous relevions tout ce qui se trouve de répréhensible dans ce Journal. Pour tracer d'une maniére plus courte, l'esprit de son Auteur, & le fruit que son Ouvrage peut produire, on n'a qu'à faire réflexion sur les premiers principes qu'il s'est formés sur la Religion & la Morale, sur ces grands & nouveaux sentimens, qu'il a communs avec un *Voltaire*, un *Montesquieu*, le *Dictionnaire Encyclopédique* & le Livre *de l'Esprit*; ouvrages, dont il est l'admirateur perpétuel, & qui sont ses oracles.

mes de ses sujets que relativement au degré de leur influence sur la société. Combien, en effet, de crimes la loi de Moyse ne permet-elle pas, vis-à-vis lesquels la loi naturelle est inexorable! c'est ainsi qu'il étoit permis par la loi de Moyse de tuer l'assassin de son parent, s'il ne se réfugioit pas dans quelqu'une des villes qui avoient le privilége d'azyle. Est-ce donc que la vengeance peut être jamais licite? Non sans doute. Mais ce que Dieu ne punissoit pas dans les Juifs comme Roi temporel, il le punissoit en eux comme Dieu. Quoique Roi des Juifs, il ne se dépouilla jamais à leur égard des droits que sa Divinité lui donne nécessairement sur tous les hommes. Si l'abstinence de la fornication est mise ici sur une ligne parallele avec l'abstinence des chairs étouffées & des chairs qui ont été immolées aux idoles, c'est uniquement par la loi civile des Juifs, & nullement par la loi naturelle. Les deux dernieres abstinences ne sont point du ressort de la loi naturelle, mais la premiere seulement. Or, en l'envisageant sous cet aspect, avons nous diminué l'horreur qu'on en doit avoir; nous qui disons d'elle, que c'est un péché en matiere grave; nous enfin qui, faisant abstraction de la Religion, de la probité même, & considérant uniquement l'économie de la société, prononçons que la fornication lui est un peu plus nuisible que l'adultère? Au reste cet article avoit eu ses Censeurs en France, & quelquefois il est permis de s'en répofer sur leurs lumieres.

Si nous avons scandalisé nos Lecteurs par l'extrait de deux sermons Espagnols qui sont singuliers par leur ridicule, nous ne l'avons fait au moins que d'après le Pere Panel, Jésuite François, attiré à Madrid pour avoir soin des médailles de S. M. C. L'objet de notre censure, beaucoup moins sévére que celle du Jésuite, a moins été de faire rire aux dépens des prédicateurs Espagnols, que de les faire rougir eux mêmes d'un goût si dépravé, qui prostitue la dignité des Ecritures, & les expose aux sarcarmes des impies. C'est de l'Espagne même, honteuse de se voir ainsi avilie dans la personne de ses prédicateurs, que nous sont venues les invitations de frapper avec force sur le genre d'éloquence qui domine dans presque toutes les chaires Espagnoles. Comme notre Journal y est répandu, & que nos décisions y ont quelque poids, l'on s'est imaginé qu'une critique de notre part, à l'aide du ridicule dont elle s'armeroit contre le mauvais goût qui s'est emparé de la chaire, contribueroit à le rendre du moins méprisable, si elle ne pouvoit l'en bannir. Nous imputer, comme fait l'Auteur de la Lettre, que notre dessein a été d'envelopper dans ce ridicule tous les prédicateurs & tous les sermons, c'est une accusation gratuite, à laquelle nous n'opposerons que ce trait par où nous terminons l'extrait du panégyrique de St. Louis prononcé l'année derniere par M. l'Abbé Guyot devant l'Académie Royale des Inscriptions, & l'Académie Royale des Sciences. „ L'Auteur nous permettra de l'offrir ici à la chaire Espagnole comme un modèle d'éloquence Chrétienne, „ & à nos Lecteurs comme un dédommagement des „ essais qu'ils ont vûs de l'éloquence Espagnole, qui „ malheureusement ne se borne pas à l'Espagne." Il nous semble encore qu'avant de revoquer en doute l'existence de l'ouvrage du P. Panel, & d'annoncer

Nous ferons la revue de ses extraits le plus court que nous pourrons. Mais disons premiérement un mot sur le systême de Mr. *Collins* touchant la liberté, dont le Journaliste parle T. 3. p. 2. 1756. f. 3.

1°. Il est certain, de l'aveu du Journaliste même, que *ce systême détruit la liberté de l'homme pour expliquer la certitude de la prescience divine.* Qu'il ne fait dépendre le choix de l'homme que des impréssions physiques. Un tel systême cependant est annoncé avec emphase, & auquel il ne seroit pas si facile d'opposer *des raisonnemens justes.* Le Journal propose ses principes avec toute la force dont ils sont capables ; il en fait même une récapitulation *pour faire plaisir à ses Lecteurs en leur donnant le tems de réfléchir sur ce systême, & en leur laissant la satisfaction piquante de démêler la vérité cachée sous cette chaîne apparente de raisonnemens.* Mais s'il avoit la Religion à cœur, au lieu de prôner ce systême impie, il auroit fallu montrer les absurdités qu'il renferme.

Ce que nous disons ici, a été le jugement du Public, puisque le Journaliste en parlant de nouveau de ce systême (1. Février 1757 fol. 10.) confesse lui-même d'avoir reçu des reproches de *l'avoir si bien representé, qu'il pouvoit être dangereux pour une partie des Lecteurs.* Il tâche en ce lieu d'y donner un préservatif, mais qui ne vaut guères de chose, & qui ne distingue la liberté de l'homme & celle de la bête, que du plus au moins. Mais c'est la mode des incrédules modernes de rapprocher ces deux objets le plus qu'il est possible. Enfin dans tout ce dernier article qu'il donne sur les élémens de Newton, on voit de quelle maniére superficielle il traite les premiers fondemens de Philosophie & de Métaphysique, & combien il a de penchant pour les Monades que nous le supposons, pour avoir occasion d'avilir la chaire & de tourner en ridicule la morale, on devoit écrire à Madrid pour s'assurer du fait ; on auroit appris qu'il y en a eu plusieurs éditions très nombreuses, & si l'on se fût procuré cet ouvrage, on auroit vû avec le dernier étonnement, combien il y avoit de choses indécentes que nous avons eu l'attention de supprimer, & d'autres que nous avons eu l'art de voiler de la maniére la plus honnête.

L'Espagne est un grand exemple du desavantage que reçoit une Nation du mépris qu'elle fait de l'esprit Philosophique, & des précautions qu'elle a prises jusqu'ici pour empêcher la lumiere de pénétrer chez elle. Car qui ne sçait que les Espagnols ont de l'esprit ? Mais parce qu'on y étouffe le goût des Sciences, cette Nation ingénieuse paroît se ressentir encore de la rouille des siécles qui ont précédé le renouvellement des Sciences.

Passons maintenant au Dogme, & voyons en quoi nous avons blessé l'Orthodoxie la plus sévére & la plus délicate. On nous objecte d'abord le systême de Collins dont nous avons exposé les principes dangereux & séduisans, comme si nous ne l'avions pas combattu nous mêmes. Pour sçavoir avec quel succès nous l'avons fait, nous renvoyons à notre Journal du 15 Decembre de l'année 1757. Pourquoi affecte-t'on de se taire sur cette réfutation, que nous croirons triomphante jusqu'à ce qu'on nous prouve le contraire ? Quel reproche ne ferions nous pas en droit de faire sur cette obmission ; & comment la caractériser, pour ne pas déplaire à nos Censeurs ?

Quelle inexactitude dans le raisonnement qui suppose que nous goûtons fort les Monades Leibnitziennes, refondues par M. de Maupertuis. Toute la preuve qu'on en a, c'est que nous avons avancé quelque part, que M. Diderot en retouchant le systême de ce Philosophe, lui a donné une vraisemblance, dont les Leibnitziens mêmes ne l'auroient pas crû susceptible. Les éloges qu'on donne à un systême parce qu'il est ingénieux, ne prouve point qu'on l'adopte. Tous les jours les Newtoniens payent à Descartes le tribut de louanges que mérite son systême des tourbillons, quoiqu'ils le regardent comme une pure rêverie. Comme Philosophes, nous n'avons pu nous dispenser de toucher un peu a l'hypohèse du Docteur d'Erlang, sous le nom de qui M. de Maupertuis s'étoit déguisé ; d'autant plus que cette hypothèse est remplie d'idées singulieres & neuves, & qu'elle roule sur le systême universel de la nature. L'impossibilité d'expliquer la formation d'une plante ou d'un animal avec les attractions, l'inertie, la mobilité, l'impénétrabilité, le mouvement, la matiére ou l'étendue, avoit conduit M. de Maupertuis à supposer encore d'autres propriétés dans la matiére. Ces propriétés sont le *desir*, l'*aversion*, la *mémoire*, l'*intelligence*. Il se crut fondé à admettre dans la particule la plus petite de la matiére, proportions gardées des formes & des masses, les mêmes qualités que l'on reconnoit généralement dans les animaux. S'il y avoit, dit-il, du péril à accorder aux molécules de la matiére quelques dégrés d'intelligence, ce péril seroit aussi grand à les supposer dans un éléphant ou dans un singe, qu'à les reconnoître dans un grain de sable. Cette hy-

Leibnitziennes, refondues par Mr. *de Maupertuis*, &c.

3°. Nous venons, Messieurs, au fameux *Voltaire*, Auteur, qui seroit véritablement grand, s'il défendoit une bonne cause. C'est un des oracles du Journal; il n'en parle qu'avec enthousiasme, *C'est un génie créateur, qui ne respecte que la vérité.* Nous ne toucherons ici que les extraits qu'il donne sur *le Poëme de la Religion naturelle*, & *l'Essai sur l'Histoire générale* en 7 volumes. Le Poëme est annoncé dans les Journaux de 15 Avril & du 1 Mai 1756.

D'abord le Journaliste prend un ton assez dévot. *Si*, dit-il, *le compte que nous allons rendre de cet Ouvrage, devoit nous faire soupçonner d'indifférence pour la vraie Religion, nous substituerions à ce Poëme la profession de Foi la plus authentique. C'est un plus grand crime aux yeux d'un Journaliste sensé d'allarmer une seule conscience que d'ennuyer cent Lecteurs.* Beau principe ! Mais on est accoutumé depuis longtems à ces protestations des incrédules, à ces grands mots qu'ils démentent aussitôt. Ne sçait-il pas, l'Auteur si religieux en apparence, que le Poëte répand sur la Religion mille doutes malins, qu'il lance mille traits capables de faire impression sur un esprit superficiel ? Traits, qui sont détrempés dans ce sel du ridicule, accompagnés d'un ton décisif & tranchant, qui tiennent lieu de raison & d'argument à la multitude.

Vous savez, Messieurs, quelles sont les plaies, que les Ouvrages de ce Poëte ont portées à la Religion, combien de Plumes sçavantes se sont élevées pour combattre ses impiétés, & vous êtes en état d'en juger par vous-mêmes.

Vous comprendrez donc aisément ce qu'on doit penser de ce Poëme. Le Journaliste même y reconnoit *des choses har-*

pothèse, par sa fécondité, par les conséquences surprénantes qu'on en peut tirer, par les conjectures nouvelles qu'elle donne sur un sujet dont se sont occupés les premiers hommes dans tous les siécles, peut être regardée comme le fruit d'une méditation profonde, une entreprise hardie sur le systême universel de la nature, & la tentative d'un grand Philosophe.

M. Diderot, en louant l'esprit qu'il a falu pour l'imaginer, a marqué les terribles conséquences dont elle lui a paru environnée; conséquences qui ne tendent pas moins qu'à ébranler l'existence de Dieu, en introduisant le désordre dans la nature, & à détruire la base de la Philosophie, en rompant la chaîne qui lie tous les Etres. M. de Maupertuis a employé les derniers efforts pour écarter de lui tout soupçon d'athéisme; & il est évident qu'il n'a soutenu son hypothèse avec quelque chaleur, que parce qu'elle lui avoit paru satisfaire aux phénomènes les plus difficiles, sans que le matérialisme en fût une conséquence. Il faut lire son ouvrage pour apprendre à concilier les idées Philosophiques les plus hardies avec le plus profond respect pour la Religion.

Au reste, dans toute cette dispute, nous avons été simples Historiens. Nous pensons avec M. Diderot que si l'hypothèse de M. de Maupertuis a l'avantage de mieux développer que les autres, le mystére le plus incompréhensible de la nature, la formation des animaux, ou plus généralement celle de tous les corps organisés, elle est en revanche exposée aux conséquences les plus fâcheuses. Si nous n'en avons pas chargé M. de Maupertuis, c'est que nous devions cette modération aux efforts de ce Philosophe pour les rejetter; & il nous semble que notre exemple étoit bon à suivre.

Mais pour sçavoir ce que nous pensons des Monades de Leibnithz, que ne consultoit-on ce que nous en avons dit, en exposant le sentiment de l'auteur de l'*Examen du Fatalisme* dans notre Journal du 1er. Décembre de l'année 1757 ? Voici comme nous nous exprimions sur sur cet article. „ L'Auteur a senti l'inconvénient qu'il y „ auroit à adopter simplement les idées de M. Leibnithz. „ En retenant ses principes qui lui ont paru clairs, il a „ tâché de se soustraire aux conséquences absurdes qui „ en naissent, & a reconnu l'action physique & réciproque des Êtres simples. Pour établir cette idée, qu'on „ peut regarder comme la pierre angulaire de son systême, il a été contraint de s'enfoncer dans les profondeurs de la plus subtile métaphysique...... Dans „ le morceau où il entreprend d'expliquer, comment „ l'esprit réunit les impressions des êtres simples pour „ en former le phénomène de l'étendue, & comment „ il voit dans ce phénomène tous les corps avec tous „ leurs mouvemens, il régne une métaphysique très „ fine & très déliée. Mais si les élémens des Corps sont „ des êtres simples, on ne conçoit plus dès lors aucune „ différence entr'eux & les esprits. Tous les êtres de „ l'Univers sont donc homogènes, & par conséquent „ tous materiels, s'ils ne sont pas tous immatériels. Il „ seroit bien difficile qu'un systême, qui marche, pour „ ainsi dire, de si près entre le matérialisme & l'immatérialisme, ne tombât pas alternativement dans ces „ deux précipices affreux. " Voilà, comme l'on voit, la difficulté dans toute sa force. Pour l'anéantir, nous avons

dies. Il sacrifie à quelques scrupules les morceaux les plus brillans. Mais il porte le nom de M. de Voltaire ; c'est assez pour l'adopter,& pour passer au dessus de toutes les difficultés. *Un volume*, dit-il, *devient intéressant, dès qu'il y a un article de M. Voltaire. Qu'on ne nous blâme point de nous ménager un avantage si précieux.* Et à la fin il conclut : *Nous ne ferons pas l'éloge de cet Ouvrage ;* (le Poëme susdit) *tout est dit, quand on a nommé son Auteur.* Le nom de Voltaire peut dont couvrir toutes sortes de traits hardis & tous les systêmes impies. C'est l'oracle qui parle, & qui réduit tout le monde au silence.

Mais notre Auteur a-t-il si-tôt oublié ses principes ? *Si en Journaliste sensé, il se fait un crime d'allarmer une seule conscience*, comment ne craint-il pas de presenter au Public des Ouvrages qui ont déja scandalisé tant de personnes ! Non ; il faut réfuter, & non pas louer ces Livres ingénieusement impies, qui n'en imposent qu'aux demi-Sçavans, & méritent d'être étouffés aussi-tôt qu'ils naissent. Loin de compter comme un avantage précieux de trouver le nom de Voltaire à la tête d'un tel Ouvrage, il faudroit déplorer, que ce grand Littérateur, cet esprit extraordinaire n'emploie pas ses rares talens à quelque chose de meilleur.

Le Journaliste ne se souvient certainement plus de la *leçon utile & frappante*, qu'il presente en son Journal du 15 Janvier 1756. fol. 53. *à ces prétendus esprits forts*, qui, dit-il, *travaillent sans cesse à se rendre célébres par des systêmes hardiment impies, qu'ils osent appeller la Religion naturelle, & qui prétendent nous rassurer sur l'avenir, sans chercher eux-mêmes à le connoître, ni les heureux moyens d'en jouir.* Que manque-t-il à Voltaire pour être de ce nombre? Mais ces inconséquences décélent l'esprit de parti. Ces contradictions

distingué avec l'auteur trois sortes d'Etres simples. Les Les uns n'ont que la force d'inertie, qui tend à les conserver dans leur état, & qui résiste à tout changement. Les autres sont doués de la force motrice. Les derniers ont pour base de leur nature la force de penser. „ Or les êtres, disons nous, qui par la force de leur „ nature pensent, sont essentiellement distingués des „ êtres simples qui n'ont que la force d'inertie. Ils ne „ le sont pas moins de ceux qui n'ont que la force motrice, puisque cette force ne tend à agir que hors „ d'elle même, & que la force de l'être qui pense, „ agit sur lui même, réunit & considére les différentes „ impressions qu'il reçoit. Nulle puissance ne peut donc „ élever au rang des esprits les élémens qui n'ont en „ partage qu'une force d'inertie ou une force motrice. „ Par la même raison les esprits qui ont une activité „ essentiellement différente de la force d'inertie qui se „ trouve dans la matiere, soit qu'elle demeure en repos, „ ou qu'elle soit en mouvement, ne peuvent jamais former une étendue matérielle. Malgré la différence bien „ marquée, ajoutons nous, que l'Auteur assigne entre „ l'esprit & la matiere, nous ne doutons point qu'il ne „ se trouve des personnes à qui cette différence paroîtra une barriére trop mince entre les deux substances, „ & qui craindront le passage de l'une à l'autre. Réduire „ les Corps à des élémens qui sont des êtres simples, „ c'est, ce semble, les approcher bien près des esprits. „ Ces personnes seroient plus rassurées, si les élémens „ des Corps étoient bruts & épais ; il leur sembleroit alors voir entr'eux & les esprits une barriére „ que rien ne seroit capable d'anéantir. Il est aisé de „ remarquer qu'il y a dans cette crainte plus d'imagination que de raison. L'instinct & la raison, quoique très proches, demeurent neanmoins toujours séparés. Les hommes sont étranges dans leur maniere „ de penser. La crainte d'une erreur les précipite souvent dans l'erreur opposée. Ils sont incapables de saisir le juste milieu où se trouve la vérité." C'est avec cette exactitude que nous parlions des Monades Leibnithiennes. Or en quoi blessent-elles l'orthodoxie, lorsqu'elles se présentent dans un écrit avec tous ces sages correctifs? Dans des matieres aussi graves que celle ci, il ne faut jamais faire semblant d'y entendre finesse : il faut s'expliquer clairement, approfondir les objets & les discuter. Il en coute il est vrai ; mais les intérêts de la Religion exigent qu'on s'en donne la peine.

A-t'on été plus heureux, Messieurs, dans la censure qu'on exerce sur les deux extraits que nous avons donnés du Poëme de la Réligion naturelle ? Nous vous en faisons juges vous mêmes. Un Poëte n'est pas un Théologien. La Poësie permet des écarts auxquels il seroit ridicule d'appliquer le compas Théologique. Ainsi qu'on feroit déraisonner la raison même, si l'on appliquoit les principes de la Géométrie aux choses de goût, il conviendroit peu de mettre à toutes les choses une robe de Docteur. Quand il nous est tombé dans les mains quelque ouvrage Philosophique ou Théologique ; comme c'est la raison bien plus que l'imagination qui préside à ces sortes d'ouvrages, nous nous sommes piqués d'uue critique exacte & scrupuleuse. On peut consulter tous nos articles qui embrassent ces deux

du Journal font preuve, que ces génies *Encyclopédiques*, c'est-à-dire, universels, & par conséquent superficiels, sont peu propres pour traiter une matiére aussi profonde, que l'est la Religion & ses mystéres. Et cependant rien de plus commun aujourd'hui, que de voir ces choses sacrées maniées par des Profanateurs.

L'Histoire générale, autre Ouvrage de M. Voltaire, se trouve annoncée au Mois d'Avril 1757. en deux extraits. Le plan de cette Histoire est formé d'après celle de l'illustre Bossuet : mais le but de ces deux Auteurs est bien différent. *Bossuet* s'efforce de mener toujours le Lecteur à la véritable Religion, & de montrer comment tous les faits se rapportent à l'établissement de l'Eglise & à sa conservation ; Ouvrage, où l'on reconnoit visiblement le doigt de Dieu. *Voltaire* au contraire voudroit faire passer tout cela pour un Ouvrage de politique humaine, décrie l'Eglise & ses Ministres, révoque en doute les preuves les plus éclatantes qui démontrent son établissement divin, altére les faits, y ajoûte de fausses réflexions pour parvenir à son but. C'est pourtant Voltaire qui est encore le Héros du Journaliste. Il *attendoit avec impatience cet Ouvrage pour en faire la base essentielle de son Journal.*

Pense-t-il donc avec M. Voltaire, que *les persécutions qu'on fit souffrir aux Chretiens, sont beaucoup exagérées dans tous nos Historiens ? Que le génie du Sénat ne fut jamais de persécuter personne sur sa créance ? Que jamais aucun Empereur ne voulut forcer les Juifs, ni les Chretiens à changer de Religion ? Que leurs édits défendent tous la persécution, à l'exception de celui qui fut donné la derniére année de Domitien ?* Suffira-t-il donc toujours, que M. Voltaire avance quelque chose avec ce ton décisif, qui lui est si familier, pour qu'il faille genres. Ce ne sont point des mots en l'air, mais des faits qu'on peut vérifier aisement.

En rendant compte du Poëme de la *Religion naturelle*, nous n'avons pas prétendu que nos Lecteurs y puisassent les dogmes qu'ils doivent croire. Notre intention a été de leur présenter de beaux tableaux, & des grands traits de Poësie ; à peu près comme l'on cite dans les Colléges de grands morceaux de Lucréce & d'Horace à de jeunes gens, sans craindre de fasciner leur imagination encore tendre. Comme ce n'est pas aux Poëtes que nous donnons notre foi à former, mais aux Théologiens ; seroit-on assez injuste pour exiger de nous que nous eussions réfuté les écarts d'un Poëte, qui ne les appuye pas même de quelque apparence de raisonnement ? Marquer ces écarts, c'est le devoir d'un critique ; aussi l'avons nous fait, de l'aveu même de l'auteur de la lettre. Mais s'agit il d'un livre de raisonnement, où l'on tente de revêtir l'erreur des livrées de la vérité ? C'est alors que nous faisons nos efforts pour combattre l'erreur.

Pour ne point quitter la matiére que nous traitons, avons nous laissé quelques doutes sur ce que nous pensons de l'insuffisance de la Religion naturelle ? Voyez de quelle maniére nous nous en expliquons dans notre Journal de l'année 1757. „ Le Déisme paroît dans „ toute sa force, quand on l'envisage en lui même. Il se „ confond alors avec la Religion naturelle, qui est „ respectable aux yeux de la raison. Mais où sa foi- „ blesse se décéle, c'est lorsqu'il ose se mesurer avec „ la Religion Chrétienne. C'est alors l'idole du Dagon „ des Philistins qui tombe devant l'arche des Israëlites. „ Le Déiste se fait une loi de ne jamais donner at- „ teinte au culte extérieur dans lequel il est né ; mais „ il ne fait pas attention que la Religion naturelle, „ dont il se dit le Sectateur, lui en fait un crime. La „ superstition, ce vice des ames foibles, & dont il „ est étonnant que le Déiste, qui se donne pour es- „ prit fort, se rende coupable, est certainement dé- „ fendue par la loi naturelle, cette loi devant qui il „ est obligé de baisser un front docile. Elle lui impo- „ se donc l'obligation de n'être jamais superstitieux. „ Or embrasser le culte de chaque pays, être Chré- „ tien à Paris, Musulman à Bizance, Idolâtre à Pe- „ kin, n'est-ce pas plier honteusement sous le joug „ de la superstition ? Quelle idée le Déiste se forme „ t'il de son Dieu, s'il se persuade que cet Etre con- „ sentira dans la Religion Chrétienne à partager sa di- „ vinité avec Jesus-Christ, pur homme dans son opi- „ nion ; à reconnoître pour son Envoyé dans la Re- „ ligion Musulmane l'imposteur de la Mecque ; & à „ se complaire dans le culte qu'une raison égarée rend „ aux Idoles monstrueuses de la Chine ? l'Auteur *des* „ *Mœurs* blâme dans Abraham son peu de sincérité, „ lorsqu'il employe une reponse captieuse & équivo- „ que qui soustrait son épouse aux poursuites d'Abime- „ lec. De quel nom ce rigide Moraliste doit-il appel- „ ler l'action par laquelle il feint au dehors un culte „ qu'il abhorre, ou du moins qu'il méprise dans le „ cœur ? L'éloge que le Déiste affecte de donner à So- „ crate d'être mort *Martyr de l'unité de Dieu*, pronon- „ ce contre lui même sa propre condamnation, toul'en croire sur sa parole ? & aura-t-il ce privilége exclusif, qu'il ne doit jamais donner des preuves de ce qu'il avance ? M. Voltaire dit, que les persécutions sont beaucoup exagérées dans tous nos Historiens. C'est assez ; il ne faut plus se soucier des monumens les plus authentiques, qui pour la consolation des fidéles nous ont été transmis, pour montrer jusqu'à quel point la cruauté envers les Martyrs à été portée. Les Livres Païens même, qui en rendent témoignage, sont suspects. il n'y à plus qu'un seul Empereur persécuteur, c'est Domitien ; les Nérons, les Décius, les Dioclétiens & Maximiens doivent être rayés de ce nombre, & cela parceque M. Voltaire le veut ainsi. Mais pourquoi le veut-il ? & pourquoi le Journaliste suit-il ses sentimens ? C'est qu'on veut faire passer l'Eglise Catholique pour un ouvrage humain, & pour cela il faut absolument lui enlever cette nuée de témoins, qui en tout lieu ont scellé la foi de leur sang au milieu des tourmens les plus horribles. Si on pouvoit réduire ces milliers de Martyrs à un petit nombre ; la force de cette preuve tomberoit d'elle-même : puisqu'il n'est pas difficile de trouver quelques fanatiques, qui meurent pour soutenir des opinions humaines.

Soutient-il aussi le Journaliste ce qu'il écrit touchant le Pape Jean VIII : que *Jean VIII, écrivant au Patriarche Photius avança que le saint Esprit ne procédoit pas du Pere & du Fils, & que le sentiment contraire étoit un blasphême ?* S'il étoit un peu versé dans l'Histoire, il sçauroit que Photius passe pour un grand faussaire, & qu'il a falsifié les lettres du Pape Jean, celles mêmes qui devoient être lues en plein Concile. S'il en veut être instruit, nous lui citons entre autres le pere Alexandre, Messieurs Fleuri & Dupin, Auteurs qui ne sont pas suspects en faveur du saint Siége : il

„ tes les fois qu'il va brûler de l'encens sur un Autel „ profane. Il n'est donc pas vrai, comme l'avance „ l'Auteur des *Mœurs*, qu'il faut se faire une loi de „ ne jamais donner atteinte au culte extérieur dans „ lequel on est né, en le troublant, ni en l'abjurant. „ Le Déiste est comme Neron qui n'embrassa son frere Britannicus que pour mieux l'étouffer.

Nous ne pouvons nous refuser à citer encore ce morceau de notre Journal du 1er. Novembre de l'année 1757. „ C'est assez la coutume des Déistes modernes „ de se couvrir de la religion naturelle pour mieux attaquer, de ce retranchement où ils se croient inaccessibles, la Religion révélée. En parlant sans cesse „ de Religion naturelle, ils ressemblent à ces chefs de „ sédition qui crient toujours *liberté*, bien que la vraie „ liberté se trouve plutôt dans le gouvernement établi, „ que dans l'anarchie à laquelle les factieux aspirent. „ On ne voit point que les Déistes ayent entrepris des „ traités de Religion naturelle. Tout ce que nous avons „ sur cette matiere, nous vient de la plume des Chrétiens. Les Déistes ne se montrent jamais que quand „ il s'agit de prêter la main aux Athées, pour abbatre „ & pour détruire ; on ne les voit jamais édifier. A les „ entendre, on seroit tenté de croire qu'il y a une „ extrême opposition entre les deux Religions, & que „ l'une d'elles ne peut s'élever que sur les débris de „ l'autre. C'est bien peu les connoître que de vouloir „ les séparer, tandis que par leur nature elles demandent à être réunies. Comme le Chrétien est, pour „ ainsi dire, enté sur l'homme, il est conséquemment „ nécessaire que la Religion révélée soit fondée sur la „ Religion naturelle. On ne fait pas un crime aux „ Déistes d'être les sectateurs de la Religion naturelle, „ mais d'être les ennemis de la Religion révélée, „ d'autant plus que celle-ci a empêché l'autre de se „ corrompre & de degénérer de sa pureté originale. „ La Religion naturelle est contenue dans les livres „ divins, comme une liqueur précieuse ; c'est un vase „ qui sert à la conserver, & même à en augmenter la „ force. Les Déistes s'arrêtant à la forme de ce vase „ qui n'est pas à leur gré, s'efforcent de le briser, pour „ avoir, disent-ils, la liqueur toute pure : malheureux „ qui ne voient pas qu'en brisant ce vase, la liqueur „ s'écoulera toute entiere, & qu'elle sera bientôt gâtée „ ou perdue ! la raison humaine sans doute, cette raison dont ils sont si fiers, suffira pour la prémunir & „ la défendre contre tout ce qui pourroit lui porter „ quelque atteinte. Mais qu'ils daignent l'interroger „ cette raison dans ces grands personnages de l'antiquité, qui semblent encore par leurs talens en imposer à notre siécle ; dans quelle foule d'erreurs ils „ la verront égarée ! Plus on se trouve avoir de raison depuis l'heureuse époque où la lumiére de la Révélation a brillé dans l'Univers, moins on conçoit „ que ceux qui ont précédé cette époque, en aient eu „ si peu. C'est encore un problême à résoudre, pourquoi la morale des Platons, des Cicérons, ces „ grands génies de l'antiquité profane, est si inférieure „ à celle de plusieurs traités composés par des modernes qui ne les valent pas à beaucoup près ? seroit-il „ donc vrai (ce que bien des Théologiens ont avany trouvera ce qu'ils ont pensé de cette lettre.

Il y a un trait ici digne d'attention, & qui décele l'esprit & le but du Journaliste. C'est, que dans cet article il ne rapporte que la substance de l'Histoire de M. Voltaire. Mais étant parvenu aux deux Conciles de C. P. qui ont successivement condamné & rétabli Photius, il se donne la peine de décrire les paroles mêmes de son Historien avec cette réflexion satyrique: *Combien tout change chez les hommes*, dit M. Voltaire, *combien ce qui étoit faux, devient vrai selon les tems?* &c. Et pour laver l'Eglise de cette belle réponse : *que l'Eglise Latine ignorant entierement le Grec, & la Greque méprisant trop la langue Latine pour daigner l'apprendre, les Peres ne s'entendoient seulement pas, lorsqu'ils paroissoient être le plus d'accord.* Comme si on ne savoit point, que l'Eglise n'a jamais reconnu comme légitime ce second Concile; que le Pape a desavoué ses indignes Légats, qui avoient trahi leur Ministére: & ce que le courageux Marin envoyé à leur place à C. P. y a du souffrir de la part du Patriarche rebelle, est connu de tout le Monde.

Mais c'est l'intérêt de nos incrédules d'énerver & de tourner en ridicule l'autorité de l'Eglise, qui les gêne dans leur croyance. C'est pourquoi on propose en toute leur force les contrariétés, qu'on veut trouver en ses décisions prétendues; & pour faire cependant semblant qu'on pense avec elle, pour ne pas révolter tout d'un coup un Lecteur Catholique, on donne une si mauvaise solution à ces difficultés, qu'on confirme plutôt le Lecteur dans les mauvais sentimens, qu'on n'ose pas lui inspirer ouvertement. Est-ce là un Ouvrage digne de paroître sous les auspices d'un Prince, qui par état est juge des controverses de Religion?

„ cé) que l'antiquité eût entiérement ignoré les pre-
„ miers principes de la Religion & de la morale;
„ que la raison humaine, abandonnée à elle même,
„ fût trop foible pour faire aucune découverte sur ces
„ matiéres; que la Religion naturelle fût une chimè-
„ re, &c; que les foibles connoissances que les hom-
„ mes paroissent avoir eues avant l'Evangile, n'étoient
„ que quelques étincelles mourantes de la tradition
„ Primitive? Quoiqu'il en soit, l'expérience de tous
„ les siécles qui se sont écoulés avant J. C., il y a un
„ témoin qui dépose avec force contre l'imbécilité de
„ la raison en matiére de Religion & de Morale, lors-
„ qu'elle est abandonnée à ses propres lumieres. La
„ Religion naturelle, après avoir été comme égarée &
„ perdue dans les ténébres du Paganisme, avoit be-
„ soin de s'incorporer au Christianisme pour s'y re-
„ trouver dans son entier. Non seulement elle y reçoit
„ une consistance, qui la rend indépendante des va-
„ riations de la Philosophie; mais elle y est aussi en-
„ richie de plusieurs choses précieuses. Plusieurs de ses
„ Dogmes prennent un appui ferme dans la révéla-
„ tion; & toutes les vérités qu'elle enseigne, reçoi-
„ vent un nouveau jour de celles qu'y réunit une lu-
„ miere surnaturelle.

Nous laissons à nos Lecteurs à juger, si l'auteur de la lettre nous a bien peints, en nous représentant comme des esprits superficiels, peu propres à écrire sur les grandes matieres de religion; & si nous devons être mis au rang de ceux qu'il appelle les profanateurs des choses sacrées.

L'essai sur l'histoire générale de M. de Voltaire prête un vaste champ à la déclamation contre les extraits du Journal, par les éloges outrés qu'on y prodigue à cette histoire. Mettre ici M. de Voltaire beaucoup au dessus de l'illustre Bossuet son modèle; dire de celui-ci qu'il n'avoit ni assez de connoissance, ni de goût, ni de critique, ni de Philosophie, pour exécuter une histoire universelle: c'est, pour ne rien dire de plus, un jugement téméraire, produit sans doute par cet enthousiasme, dont M. de Voltaire remplit les esprits, à la faveur du style enchanteur qui ravit & enleve dans ses écrits. Il eut été à souhaiter que l'auteur des extraits eût eu devant les yeux les écrits de Bossuet, lorsqu'il écrivoit contre lui des choses si injurieuses. Sans prétendre diminuer rien de la gloire de M. de Voltaire, nous croyons que comme continuateur de Bossuet, il n'a pas, à beaucoup près, égalé ce grand homme. Le génie de Bossuet échauffé par les grandes idées qu'il avoit puisées dans les livres sacrés, s'élevoit de lui même au sublime. Peut-être n'y a t-il point d'ouvrage d'un sublime si continu que son discours sur l'histoire universelle. Par la maniere dont il y développe les desseins & la conduite de Dieu dans ce qui concerne les destinées de la Religion, & dans la succession des Empires jusqu'à la chûte de celui des Romains, on croit voir en lui un homme, sur qui Dieu avoit versé quelques rayons de sa lumiere pour instruire les mortels. Ce modéle étoit devant les yeux de M. de Voltaire: pourquoi ne l'a-t'il pas imité? Pourquoi s'est-il refusé un avantage, dont ses talens supérieurs le mettoient si fort en état de profiter? En se remplissant des vûes subli-

Dans

Dans le troisiéme extrait on trouve encore les traits de M. Voltaire sur les indulgences, dont il parle d'un ton mocqueur. Enfin c'est assez, Messieurs, vous voyez le but de cette Histoire, & le fond, qu'on peut faire sur la vérité des faits, quoiqu'annoncés avec un ton de maître. Le Journal finit au mois de Juin 1757 les extraits de cet Ouvrage, qu'il appelle *immortel.* Il invite les Lecteurs à l'étudier. *Ces sept volumes*, dit-il, *portent l'empreinte d'un génie Créateur. On trouve à chaque page ces traits d'un pinceau fier & hardi, qui ne respecte que la vérité.* Après que l'Auteur avoit placé Voltaire bien au dessus d'un Bossuet qui n'avoit pas assez *de connoissances de goût & de critique* pour écrire avec gloire une Histoire universelle, on ne s'étonne pas des louanges excéssives qu'on trouve en cet endroit. Mais donnons à M. Voltaire, qu'il est *génie Créateur*, puisqu'il a créé bien des systêmes absurdes, & des faits dans l'Histoire, qu'on ne connoissoit pas avant lui : donnons-lui aussi, qu'il a un pinceau fier & hardi : il sera toujours faux, qu'il ne respecte que la vérité ; ce qui devroit faire son éloge, s'il en méritoit un solide.

Finissons, Messieurs, & réfléchissons ici, ce qu'on doit penser des sentimens d'un Auteur sur la Religion & les mœurs, qui ose assurer, que M. Voltaire *ne respecte que la vérité.*

4°. Poursuivons & voyons ses pensées sur un autre Auteur célèbre, qui est M. de Montesquieu.

Nous n'envions pas à ce célebre Président la gloire d'être profond Historien, jurisconsulte éclairé, bon citoyen &c. Mais nous ne saurions jamais adopter ses pensées sur la Religion, qu'il semble soumettre au climat, au caractère, au bien temporel de la patrie ; en quelle matiére il débite certainement plusieurs fausses maximes.

mes, dont le développement donne tant d'éclat au discours sur l'histoire universelle ; en dévoilant la sagesse & l'accomplissement des decrets éternels dans les révolutions arrivées aux Empires depuis Charlemagne jusqu'à nous, ainsi qu'on l'avoit fait par rapport à celles des Empires des Perses, des Babyloniens, des Grecs, des Egyptiens & des Romains, M. de Voltaire auroit moins marché à la suite qu'à côté de l'illustre Evêque de Meaux. Il eût dû s'attacher au divin comme à l'historique ; & alors il ne nous eût pas laissés sans lumiere sur les incursions des barbares, sur les progrès du Mahometisme, sur l'établissement & la chûte d'un nouvel Empire. Les vûes de la providence lui échappent quelques fois ; & quoique des raisons supérieures fournissent un dénouement à une conduite si mystérieuse, il semble ignorer qu'il y en ait de telles ; au moins ne cherche-t'il point à les pénétrer. C'est sur ces évenemens qui déconcertent la raison, & qui paroissent accuser la Providence, que M. Bossuet auroit jetté quelques uns de ces traits de lumiere, que nous admirons dans la premiere partie de l'histoire universelle. La seconde est encore, malgré la continuation de M. de Voltaire, un ouvrage qui se fait attendre. Qui cependant pouvoit mieux que cet illustre Ecrivain diminuer le regret, que cause l'interruption d'un ouvrage si parfait ? Il eût fait revivre Bossuet dans cet écrit où il auroit immortalisé la Religion.

Une chose bien étonnante dans cet Essai sur l'Histoire générale, c'est le tableau perpétuel des crimes & des horreurs qu'il présente, & qui font la honte de la nature humaine. On ne se délasse d'une vue si fatiguante, qu'en appercevant dans le lointain les vertus d'un petit nombre de Chinois, d'Indiens, de Mahométans, de Philosophes ou d'Empereurs payens ? Est-ce donc que les fastes de l'Eglise n'en offroient aucunes à célebrer ? Et M. de Voltaire ne devoit-il faire l'histoire du Christianisme que pour le flétrir sans cesse ? La plume des Historiens est le pinceau par lequel ils se peignent eux mêmes sans le vouloir. Quelle idée M. de Voltaire veut-il qu'on ait de son amour pour la vertu, tandis qu'il se plaît bien plus à présenter les vices de quelques monstres particuliers qui ont deshonoré la nature, que les belles actions & les vertus des grands hommes ? Si les crimes doivent recevoir leur châtiment dans l'Histoire, les vertus y doivent encore plus trouver leur récompense. Pourquoi M. de Voltaire, au lieu de ne laisser qu'entrevoir les taches qui blessent dans quelques Pontifes & dans quelques Souverains, cherche-t'il à les étendre & à les multiplier ? Ce qu'on admire le plus dans les écrits de cet Auteur, ce sont les endroits où il a peint la vertu de ses plus belles couleurs. Pourquoi voit-on le pinceau dont il a écrit son Histoire, souvent trempé des couleurs odieuses du vice ?

Si notre associé ne releva pas ce défaut dans M. Voltaire, c'est qu'il crût qu'on pouvoit pardonner l'histoire des scandales de quelques Papes qui ont deshonoré le saint Siége, à celui qui s'étoit exprimé dans ces termes. „ Nous avons vû * des Pontifes pieux & justes. Mais

* Vol. 3. p. 13.

Il doit, selon le Journaliste, *sa célébrité principalement aux Lettres Persanes* &c : mais on sait, que dans ces Lettres il y a beaucoup de traits caustiques & un ridicule malin répandus sur la Religion & la Morale. Ainsi cette *célébrité* ne sera pas de grand prix chez tout homme qui pense bien. Le Journal convient lui-même, qu'il s'est glissé dans ces Lettres *quelques erreurs, qui intéressent la Religion Chretienne. Telles sont celles, qui attaquent la préscience de Dieu, & la possibilité de quelques mystéres ; qui prêtent des armes au Suicide* &c. Mais il ne veut pas, qu'on en infere, que *M. de Montesquieu est un impie, qui cherche à décrier & à avilir le Christianisme*. Nous ne tirons pas cette conséquence : mais profitant de l'aveu du Journal, nous inférons, qu'un Journaliste Chretien ne doit pas préconiser comme *inimitable*, un Ouvrage, qui de soi-même est dangereux, & qui presente des principes absurdes. Il est bien inutile de dire, qu'on ne fait parler qu'un Persan, qui n'a pas d'idée de la vraie Religion. Ne sait-on pas que les mauvaises impressions faites une fois sur l'Esprit de plusieurs jeunes gens & demi-savans, causent des ravages funestes ? Et pourquoi nos incrédules modernes font-ils parler tantôt un Juif, tantôt un Turc ; sinon pour pouvoir sous le masque de ce nom débiter plus librement leurs pensées & décrier la Religion : à cause qu'on en peut dire tout ce qu'on veut, sous prétexte qu'on n'en fait parler qu'une personne mal instruite ? Et entretems on inculque les sentimens, auxquels on n'ose prêter son nom, & qu'on voudroit cependant mettre en vogue.

L'Auteur des Lettres critiques sur les Ouvrages contre la Religion, reçoit ici un éloge bien mince. *Dans des Lettres critiques*, dit le Journal, *qui s'impriment journellement, & qu'on nous vante comme*

„ est-il extraordinaire que la longue querelle des Empereurs & des Papes, la lutte opiniâtre de la liberté de Rome contre les Césars de l'Allemagne & contre les Pontifes Romains, les schismes fréquents, & enfin le grand schisme d'Occident, n'aient pas permis à des Papes élus dans le trouble, d'exercer des vertus que des tems paisibles leur auroient inspirées ? La corruption des mœurs pouvoit-elle ne pas s'étendre jusqu'à eux ? Tout homme est formé par son siécle : bien peu s'élevent au dessus des mœurs du tems. Les attentats presque nécessaires dans lesquels plusieurs Papes furent entraînés, leurs scandales autorisés par un exemple général, ne peuvent pas être ensevelis dans l'oubli. A quoi sert la peinture de leurs vices & de leurs désastres ? A faire voir combien Rome est heureuse depuis que la décence & la tranquillité y régnent.... Les malheurs, les foiblesses, les crimes de quelques Pontifes ne font pas plus de tort à la Religion dans les esprits sages, que les infortunes & les vices d'un Souverain légitime n'ébranlent ses droits au Thrône.

On nous objecte d'avoir anéanti la preuve tirée des Martyrs en faveur du Christianisme, sous prétexte que notre Associé rapporte, sans le combattre, le sentiment de M. de Voltaire, qui, sur la foi de Dowel, réduit presque à rien les persécutions & les Martyrs. Il est bien certain que l'exactitude de la critique exigeoit de notre Associé qu'il s'élevât contre un sentiment démenti par l'histoire profane & ecclésiastique. Mais qu'il ait prétendu donner atteinte à la gloire de la Religion Chrétienne qui s'est établie par des torrens de sang, c'est ce dont nous ne convenons point ; d'autant plus que ce n'est pas tant le nombre des Martyrs qui constate la vérité de cette Religion, que la conviction où nous sommes, qu'ils mouroient pour sceller de leur sang des faits dont ils avoient été les témoins. En effet, le Christianisme n'auroit rien qui le distinguât de certaines sectes, s'il n'avoit à leur opposer que le nombre de ses Martyrs. Pour ôter à cette preuve toute sa force, nous n'aurions qu'à citer ici la coutume insensée, qui fait aux Indiennes un point d'honneur & de religion de se brûler sur le corps de leurs maris. Cette coutume subsiste dans l'Inde de tems immémorial, & n'y est point abolie de nos jours. Les Philosophes Indiens ne se jettent-ils pas eux mêmes dans un bucher, par un excès de fanatisme & de vaine gloire ? Qu'on parcoure les fastes de l'histoire ecclésiastique, combien d'hérétiques ont affronté courageusement la mort pour soutenir leurs dogmes affreux, temoin les Albigeois, qui étoient Manichéens ! Qu'est-ce donc qui éleve les Martyrs du Christianisme au dessus de tous ces fanatiques & de ces enthousiastes ? Le voici. Les erreurs auxquelles se sacrifioient ceux-ci, étoient, non des faits, mais des idées ou des systémes de leur invention, auxquels une vanité opiniâtre s'attache quelquefois invinciblement. Les Martyrs Chrétiens étoient dans un cas bien different ; ils soutenoient, non leur doctrine propre, mais celle de Jesus-Christ & de ses Apôtres, appuyée par des miracles. Tout rouloit pour eux sur des faits, en faveur desquels il n'est pas naturel de se passionner, au point d'abandonner ses intérêts les plus chers. Ils soutenoient que *un Livre, qui fait honneur à la Religion, on attaque M. de Montesquieu, & on le presente comme un écrivain dangereux. Cependant quel est son tort, sinon d'avoir fait des Ouvrages, dont le mérite & le but ont échappé à ses injustes Censeurs ?* Ainsi parle-t'il, Messieurs, du célébre M. le Docteur Gauchat, Auteur de ces Lettres critiques, qui s'éleve aujourd'hui avec tant de succès contre les Ecrivains impies, & qui remplit sa carriere avec tant de gloire.

Mais les Ecrivains, qui vengent la Religion, ne trouvent pas de place dans le Journal de Liége, il n'en parle qu'avec mépris, & il n'a de l'encens que pour les Voltaires, les Montesquieux, & autres Encyclopédistes. Un peu de réflexion sur un tel procédé est suffisant pour faire connoître le but de son Ouvrage.

Le célèbre Président & son Livre *l'Esprit des Loix*, est toujours l'objet de ses louanges. C'est un Ouvrage, par lequel il devient *le Législateur des Nations*. Après avoir décrié ceux, qui ont osé le critiquer, il trouve fort mauvais qu'on ait étendu les reproches contre l'Auteur de l'Esprit des Loix, jusqu'à ses sentimens sur la Religion. Mais nonobstant ces déclamations le Docteur Gauchat, & d'autres grands Ecrivains ont assez démontré le venin, qu'on trouve dans les Ouvrages qu'on nous vante : & le systême du Président, qui met tant de liaison entre la Religion & le climat, est certainement très dangereux ; de même que plusieurs de ses principes sur la vertu & toute la Morale. Si le climat & la Religion sont si fort liés, la Chrétienne seroit depuis long-tems bannie de la terre, puisqu'elle est contraire à tous les climats, en tant qu'elle est directement opposée à la nature corrompue, qui se trouve, & se récrie contre elle en tous les climats du monde.

Mais non, il suffit, qu'on contredise Jesus-Christ & ses Apôtres avoient enseigné tels & tels dogmes, à l'apui de tels & tels prodiges. Ils assuroient qu'ils en avoient été les témoins. Un témoignage de cette nature qu'on scelle de son propre sang, ne sauroit être dicté par la vaine gloire, ni par l'erreur. C'est ce qui a fait dire à Pascal avec autant de sens que d'énergie, *j'en crois volontiers des témoins qui se font égorger.* Tous les Martyrs sont morts pour soutenir les mêmes faits, dont le recit bien attesté leur avoit été transmis. C'est ce que l'on n'a jamais vû dans les fausses Religions où l'on meurt pour des opinions; & c'est la différence qu'il faloit mettre entre les martyrs de la Doctrine & ceux de l'histoire. Nous sommes persuadés que l'auteur de la lettre sent à present qu'il auroit dû faire cette distinction essentielle. En avançant qu'il n'y a que quelques fanatiques, qui meurent pour soutenir des opinions humaines, il ébranle lui même la preuve qu'on tire des martyrs en faveur de la Religion, voilà les écarts auxquels l'homme est souvent exposé, lorsqu'il n'a que la haine pour guide, & qu'il veut la plâtrer des intérêts du Ciel.

Mais pour revenir à M. de Voltaire, nous croyons qu'il ne s'est pas exactement expliqué sur la tolérance du Sénat Romain. Le Magistrat dans Rome toléroit, il est vrai, toutes sortes de Religions, dans le dessein de conserver la chaleur & la vivacité des impressions religieuses. Mais il regardoit comme un point capital de ne point souffrir qu'on donnât atteinte à la Religion nationale. La véritable Religion n'ayant point encore percé des traits de sa lumiere les ténébres de l'idolâtrie, il ne pouvoit naître que de très bons effets de cette tolérance de Religions, qui, pour être différentes entr'elles, n'étoient pas pour cela opposées. Un Dieu ne détruisoit pas un autre Dieu. La Religion des Payens n'étoit point dogmatique ; elle ne consistoit que dans la morale, dans des fêtes & dans des cérémonies.

Cette sociabilité de Religions, qui couloit de la nature du Paganisme, & qui n'avoit d'autre principe que les absurdités de ces mêmes Religions, ne pouvoit convenir au Christianisme, qui est fondé sur une révélation véritable, & appuyé sur une théologie dogmatique. Fier de son origine, & chargé du sacré dépôt des vérités que Dieu a confiées, il n'a cessé de témoigner de l'horreur pour tout autre culte que le sien. Lorsqu'il s'annonça dans le monde, les Payens fortement imbus du préjugé de la communication mutuelle des Religions, le reçurent d'abord avec plaisir. Ils jugérent du Dieu des Chrétiens par leurs Divinités locales & tutélaires. Ils crurent en conséquence que les Chrétiens consentiroient volontiers que leur Dieu fût associé à ceux de Rome. Mais le tems leur fit connoître l'esprit de la nouvelle Religion. Ils s'apperçurent que comme la Judaïque elle soutenoit, qu'elle étoit la seule véritable. Ses prétentions qui n'alloient pas moins qu'à renverser le Paganisme, la lui rendirent odieuse. Tout le mépris & l'indignation qu'on avoit eu pour les Juifs aussi intolérans que les Chrétiens, tombérent sur ces derniers. L'Empire crut sa dignité blessée, s'il consentoit à quitter la Religion, sous les auspices de laquelle il avoit été fondé, pour adopter une Religion nouvelle ; qui outre l'austérité de sa morale, avoit encore contre elle le

M. de Montesquieu, pour être un imbécille, un ignorant, un homme plein de préjugés & un fanatique : & le fameux Président sous prétexte qu'il ne parle pas en Théologien, mais en Philosophe politique, & qu'il ne considére la vertu & la Religion, que par rapport à l'Etat, est en droit de se faire toutes sortes de systêmes, sans que les Théologiens & les Moralistes y puissent trouver à redire ; & pourvu qu'on puisse montrer, qu'il y a quelque peu de paroles dispercées ça & là, où il loue la Religion Chrétienne, on lui doit passer tant de lieux, où par des propositions contradictoires il semble retracter ses louanges, & sapper les fondemens de la Religion & de la Morale. Ignore-t-on que les fins détracteurs commencent par louer les personnes, qu'ils veulent déchirer, afin d'être mieux crus en tout le mal, qu'ils en diront dans la suite ? Nous ne prêtons pas ces intentions à l'auteur de l'Esprit des Loix, nous ne parlons que des inconséquences qu'on trouve dans ses Ouvrages, & nous assurons, que les écrits des incrédules modernes sont remplis de ces stratagemes. Le Journaliste lui-même malgré toute sa partialité contre la Religion, ne laisse pas cependant d'en faire l'éloge de tems en tems. Ne seroit-ce peut-être pas, afin de se mettre à l'abri des poursuites & de faire un tissu de ces passages pour en faire son apologie, quand on viendroit à lui faire son procès ?

5°. Passons au fameux *Dictionnaire Encyclopédique*, ouvrage, qui est d'autant plus cher au Journaliste, qu'il en a pris le nom, & par-là se place en la même Catégorie avec ce fameux Livre, dont il inspire par-tout les sentimens.

Il seroit inutile de relever ici les principes affreux, dont ce Dictionnaire est rempli : principes, qui ne tendent à rien de moins qu'à bannir toute Religion, tou-

défaut de n'être point illustrée par les grandeurs ; & sur qui rejaillissoit l'obscurité de ceux qui la prêchoient. Les Philosophes & les Sçavans étoient piqués de voir que des gens sans lettres, sans aucune culture d'esprit, se donnassent les airs d'une sagesse plus sublime que celle du reste du monde. C'est le reproche que Celse faisoit aux Juifs, & que les Chrétiens ne méritoient pas moins qu'eux par leur tendre attachement à une Religion, qui leur interdisoit toute communication réligieuse avec les Payens. De là cette haine envenimée qui domine si fort dans les relations partiales que les Historiens Romains firent des Chrétiens. De là ces persécutions violentes, qui éclatèrent contre eux dans tout l'Empire, & dont le feu ne s'éteignit, que lorsque la croix eût été placée sur le Diadême des Empereurs.

Il paroît que l'Auteur de la lettre n'a de zèle que pour trouver des erreurs dans notre Journal, & qu'il manque de charité au point de n'y pas découvrir les vérités que nous y consignons. S'il eût jetté les yeux sur notre Journal du 15 Avril de cette année, il y auroit lu ces mots au sujet des Martyrs. „ Que les tems sont „ changés ! nous nous scandalisons aujourd'hui de ce „ qui paroissoit aux anciens une preuve invincible de „ la vérité de la Réligion Chrétienne. L'Acte le plus „ héroïque, le Martire, nous le dégradons par le nom „ de fanatisme que nous osons lui donner. En un mot, „ nous blasphémons où ils adoroient. L'Auteur de „ *Caton*, du *spectateur Anglois*, l'immortel Addisson, „ trouvoit je ne sçai quoi de surnaturel & de divin „ dans le courage que témoignoit une foule de Martyrs, au milieu des tourmens qu'on leur faisoit endurer &c.

On nous demande d'un ton triomphant si nous croyons que Jean VIII. ait écrit ces mots à Photius : *nous pensons comme vous ; nous tenons pour transgresseurs de la parole de Dieu, nous rangeons avec Judas, ceux qui ont ajouté au Symbole, que le St. Esprit procède du Pere & du Fils ; mais nous croyons qu'il faut user de douceur avec eux, & les exhorter à renoncer à ce blasphême.* Pour infirmer cette lettre, on daigne nous apprendre que Photius étant un habile & hardi faussaire, il doit avoir falsifié cette lettre du Pape Jean ; & pour nous écraser par une autorité respectable, on nous renvoye à M. Fleury, qui, dit-on, n'est pas suspect en faveur du St. siége. Nous ouvrons cet Historien, & nous voyons que son doute ne tombe que sur l'authenticité des Actes du Concile de Photius. Quant à la lettre qu'on trouve à la fin de ces Actes, il n'éléve sur elle aucun nuage qui la rende suspecte. La chose est si vraie, qu'il fait tous ses efforts pour lui donner une interprétation favorable, ce qu'il n'auroit certainement pas fait, si la lettre eût été apocryphe. Voici comme il s'exprime à cette occasion, liv. 53. Nom. 24. de son histoire ecclésiastique. „ Le Pape Jean VIII „ sçachant que les Grecs étoient scandalisés de cette „ addition, pouvoit avec vérité dire, que l'Eglise Romaine ne l'avoit point reçue, & blâmer ceux qui „ l'avoient introduite ; & s'il use contre eux d'expressions trop fortes, on peut les attribuer à sa complaisance pour Photius & pour l'Empereur Basile, qui

te vertu Morale, & détruire en même tems le Thrône, l'Etat & la vie civile pour faire un triomphe de toutes ces respectables ruines à l'impieté & l'irréligion. Il seroit inutile, disons-nous : le cri du genre humain s'est déja manifesté partout, & les flétrissures, qu'il a reçues des deux puissances, sont un sûr garant de la justice des Censures, qu'on en pourroit porter. Nous tâcherons seulement en peu de mots de rapprocher le Journal du Dictionnaire, & de montrer, qu'il adopte les mêmes idées & les mêmes systêmes, & par conséquent qu'il mérite le même sort, que ce Dictionnaire a si justement éprouvé.

Pour en être convaincu, il suffit de jetter les yeux sur les éloges si souvent répétés & prodigués envers cet Ouvrage, dont il chérit les Auteurs comme ses maîtres & ses instructeurs.

Tantôt *il est semblable à ces superbes galeries, qui renferment les Chefs-d'œuvre des plus habiles Peintres. Il faut plusieurs jours pour en développer toutes les richesses & pour en saisir tous les détails. On y revient souvent, & plus on les étudie, plus on est frappé d'admiration.* Tantôt *c'est un grand Ouvrage qu'il se hâte d'annoncer au Public pour l'utilité qu'il en peut tirer.* Il s'applaudit avec un air de complaisance, *qu'aucun Journaliste de l'Europe n'a songé à procurer cet avantage à ses Lecteurs* (c'est-à-dire de présenter la substance des meilleurs morceaux de l'Ouvrage) *Aussi*, poursuit-il, *n'ont-ils pas le bonheur de compter parmi leurs souscripteurs autant de Philosophes que nous. Nous avons le rare plaisir de converser dans nos Journaux avec nos Maîtres, de nous instruire avec eux, & de profiter de leurs réflexions.* Laissons lui ses Maîtres & le profit, qu'il retire de leurs leçons, Une chose, qui nous paroît bien ridicule ici, c'est qu'après un tel éloge il ne fait en cet endroit que deux extraits, l'un sur le

„ lui a fait faire tant de fautes. Mais il ne touche point „ en cette lettre au fond de la doctrine. Ce qui n'a „ pas empêché depuis les Grecs Schismatiques de „ prendre avantage de cette lettre, & de tout ce qui „ fut fait sur ce sujet, au Concile de Photius, qu'ils „ tiennent pour le vrai huitieme Concile Œcuméni- „ que, ne comptant pour rien celui de l'an 869. " A travers ces expressions ménagées & adoucies par respect pour le St. Siége, il est aisé de voir que Jean VIII trahit un peu les intérêts de la vérité, ainsi qu'Honorius l'avoit déja fait dans l'affaire des Monothélites. De l'aveu même de M. Fleury, Jean VIII commit plusieurs fautes par complaisance pour Photius & pour l'Empereur Basile. Or ces fautes pouvoient elles regarder autre chose que le rétablissement de Photius, & cette politique trop humaine qui le faisoit presque conniver à l'erreur des Orientaux, qui disoient que le St. Esprit procéde du Pere seulement ?

„ Combien tout change chez les hommes ? Com- „ bien ce qui étoit faux devient vrai selon les tems ! „ les Legats de Jean VIII. s'écrient en plein Conci- „ le ; *si quelqu'un ne reconnoît pas Photius, que son* „ *partage soit avec Judas.* Le Concile s'écrie, *longues* „ *années au Patriarche Photius, & au Patriarche Jean.* Dans cette reflexion que notre Associé a copiée de M. de Voltaire, l'Auteur de la lettre croit appercevoir un trait satyrique & malin contre l'Eglise même. Mais en quoi l'autorité de l'Eglise est-elle ici compromise ? Lorsque le Pape Libere eut la foiblesse de souscrire à la déposition de St. Athanase, & à la formule captieuse du Concile de Smyrne, où étoit enveloppé le venin de l'Arianisme, les Orthodoxes crurent-ils voir dans la chûte de ce Pape celle de l'Eglise Catholique ? Le cas de Jean VIII. est le même que celui de Libere. Il paroît que l'Auteur de la lettre a voulu inspirer contre nous de l'horreur, avant d'avoir prouvé qu'on doit avoir de l'horreur. Veut-il sçavoir ce que nous pensons de l'autorité de l'Eglise ? Qu'il lise ce morceau de notre Journal du 15 Novembre de l'année 1758. „ En montrant les fragiles fondemens sur lesquels est „ appuyé le Protestantisme, le Docteur Brown lui a „ porté, sans le sçavoir, un coup mortel. Une Re- „ ligion que Dieu a fondée, doit montrer dans sa „ durée éternelle le caractère de la main de cet Etre „ suprême. Or, de l'aveu du Docteur Brown, le Pro- „ testantisme ne sçauroit revendiquer cette éternité „ qui caractérise si bien la véritable Religion. 1o. Il „ n'inspire point par lui même à ses sectateurs ce zèle „ dont il auroit besoin pour sa propagation. 2o. La „ désunion des esprits, funeste avant coureur de la „ chûte d'une Religion, est une suite de la liberté ex- „ cessive qu'il leur donne de porter une main témé- „ raire sur les livres divins. En se dépouillant d'une „ autorité qui auroit dû leur servir de frein, il a ébranlé „ lui même la pierre sur laquelle repose l'édifice du „ Christianisme.

Au ton qu'a pris avec nous l'auteur de la Lettre, il n'étoit pas possible, Messieurs, que nous échappassions au reproche injuste qu'il nous fait de louer avec une complaisance délicieuse M. de Montesquieu. Et à qui veut-il que nous portions l'encens de notre estime ?

mot *Femme*, l'autre ſur le mot *Fat.* Le premier, qui occupe ſeize pages, n'eſt qu'un véritable Roman, deshonorant pour le ſexe : & le Journaliſte lui-même s'étonne, que *de vrais Philoſophes aient pu avouer cet article dans un Dictionnaire* (N. B.) *que la Nation regarde comme le plus beau monument qu'on puiſſe ériger à la gloire des connoiſſances humaines, & à celle de la vertu.* Qu'il eſt beau de voir un article ſi Romaneſque placé au milieu d'éloges ſi magnifiques ! mais il paroît que le Journal ne néglige rien de ce qui a l'air Roman & l'empreinte de la coquetterie

L'extrait, qu'il avoit donné au mois de Mars ſur la Philoſophie Eclectique, étoit bien plus ſérieux : mais ſi on prend la peine de l'examiner, on verra quels ſont les principes qu'il y débite.

Il commence encore ſon mois de Décembre 1756 par un Enthouſiaſme ſur ce fameux Livre : *C'eſt*, dit-il, *notre Treſor... Il y a peu de gens, qui aient conçu une plus haute idée que nous des Chefs de l'Encyclopédie.* Et pour montrer, qu'il n'en juge pas à la légere, il ajoûte : *Nous avons pour eux cette admiration, qui naît de la réflexion & de l'Examen ; la ſeule, dont les vrais Philoſophes puiſſent faire cas.* Ce n'eſt donc qu'après l'Examen & la réflexion la plus ſérieuſe, qu'il a adopté les idées & les ſentimens de ces Meſſieurs, qu'il admire, & qui cependant ſe trouvent déteſtés & flétris par les Deux Puiſſances.

L'article ſur *l'Exiſtence*, qu'il donne ici, prouve aſſez, ce qu'il penſe avec ſes Maîtres. On y apprend à l'homme à ne connoître l'exiſtence de ſoi même, que par le ſentiment des choſes ſenſibles, & à borner les ſentimens du *moi à ce petit eſpace circonſcrit par le plaiſir & par la douleur.* On ſait, que c'eſt le ſyſtême à la mode, de ne donner à nos idées d'autre origine que les ſenſations ; & on connoît les con-

Connoît-il parmi ceux qui ont honoré l'humanité, quelqu'un qui en ſoit plus digne ? Si jamais la poſtérité étoit inſtruite qu'il y a eu des hommes qui ont envié à notre Préſident les éloges que nous lui donnons, elle ne pourroit regarder que comme un ſiécle barbare celui qui les auroit vû naître. Ses idées n'euſſent elles pas toujours toute la juſteſſe que demande la vérité, il mériteroit encore notre eſtime pour le génie créateur qui perce par tout dans ſon *Eſprit des Loix.* Nous ne faiſons que copier ici la remarque très juſte & très fine du Journal des Sçavans, qui s'exprime ainſi. „ La gloire de M. „ de Monteſquieu eſt indépendante du ſuccès de ſes „ idées... Les grandes & profondes vérités ſont pour „ les hommes un bien ſi incertain, qu'ils pardonnent „ d'avoir été trompés, & qu'ils jugent bientôt le Phi„ loſophe, non par les idées qu'il a défendues, mais „ par le degré de force ou de fineſſe qu'il ſçut appli„ quer à ſes recherches.

De tous les Ouvrages de ce grand homme, celui qui paroît le plus fournir à la critique, ce ſont ſes *Lettres Perſanes*, auxquelles il doit une partie de ſa célébrité. Nous avons commencé par convenir, que dans le grand nombre de vérités hardies que l'Auteur y a répandues, il s'eſt gliſſé pluſieurs erreurs qui intéreſſent la Religion ; telles ſont celles qui attaquent la preſcience de Dieu & la poſſibilité de quelques myſtéres, celles qui prêtent des armes au Suicide, &c. Mais ces erreurs doivent elles être miſes ſur le compte de M. de Monteſquieu ? Et nous, qui prétendons qu'on ne peut l'accuſer d'avoir cherché par là à décrier & à avilir le Chriſtianiſme, devons nous encourir l'indignation qu'on doit à ceux qui ſont les fauteurs de l'impiété ? Les Perſans qu'on fait parler conformément à leurs préjugés religieux & nationaux, non d'après un examen raiſonné, mais d'après un ſentiment de ſurpriſe & d'étonnement, ſont-ils donc pour un Chrétien des Théologiens redoutables ? Et la foi, ſoutenue de miracles & de prophéties, doit-elle plier honteuſement devant la raiſon ? Oui, dira notre Cenſeur, quand la foi rencontrera de jeunes gens, des demi-ſçavans, des femmes du monde, à qui la moindre lueur de raiſonnement eſt capable de faire tourner la tête.

Mais c'eſt préciſément cette foibleſſe de raiſon, qui nous a déterminés à préſenter ſous un jour moins favorable les Lettres Perſanes. En convenant qu'il y ait eu de l'imprudence de la part de M. de Monteſquieu à toucher à des queſtions d'autant plus délicates, qu'elles intéreſſent de plus près la Religion ; n'y en auroit-il pas eu une auſſi grande de notre côté, d'accuſer ici ſa foi, & de répandre mal-à-propos ſur ce génie du premier ordre un ſoupçon d'incrédulité ? Dans ce ſiécle malheureux, où les intérets de la Religion ont ſi fort beſoin d'être ménagés, devions nous donner cet avantage à un tas d'Incrédules qui affectent de l'être par air ou pour leur commodité, qu'ils puſſent nous oppoſer le nom de Monteſquieu ? Qu'on ſe rappelle ce que nous avons dit il n'y a pas longtems * ſur la prétendue victoire que les Incrédules, forts du nom de cet illuſtre Ecrivain, croyoient remporter ſur la Religion :

* Journal du 1er. Août de cette année.

ſéquences, qu'on tire de ce principe.

En parlant du *Proſpectus* donné à Lucques pour une nouvelle impreſſion de l'Encyclopédie, le Journaliſte en prend occaſion de faire des invectives contre ſes adverſaires, *Les frivoles Ennemis*, dit-il, *des ſciences & de l'Encyclopédie jugeroient combien ils ont tort de s'oppoſer au progrès des connoiſſances utiles, qui ſont aujourd'hui le goût dominant de l'Europe. Cette eſpéce d'Epicuriens, qui ne cherche dans les Livres qu'un amuſement puéril, eſt venue quelques ſiecles trop tard.* On doute s'il oſeroit encore donner le nom d'ennemis frivoles & d'Epicuriens à ces autorités reſpectables, qui ont pris parti contre l'Ouvrage qu'il préconiſe.

Enfin pour montrer une bonne fois, que le Dictionnaire Encyclopédique & le Journal n'ont qu'un même but & le même Eſprit, il ſuffira de l'en convaincre par ſes propres paroles, qu'on trouve dans l'avis Préliminaire du 15. Novembre 1757, où en rapprochant ſon Journal au Dictionnaire, il en parle en ces termes. *Il ſeroit bien glorieux pour nous, qu'on pût appliquer à notre Journal ces mots du Poëte Latin : Vires acquirit eundo ; dont le Dictionnaire Encyclopédique remplit toute la force & toute l'étendue. Formé ſur le même plan, & dirigé par les mêmes vues que cet Ouvrage célèbre, notre Journal, s'il eſt bien fait, doit le repreſenter en tout ; imiter ſa maniére, prendre ſon ton, & faire ſur les Ouvrages, que chaque jour voit éclore, ce que ce Dictionnaire fait ſur tous ceux, dont ſe compoſe la ſphere immenſe des connoiſſances humaines. Il doit ſur tout prendre de l'Encyclopédie cet Eſprit Philoſophique, qui la caractériſe, & qui répandu dans toute la maſſe de l'Ouvrage anime & vivifie toutes ſes parties. &c.*

L'endroit eſt aſſez long, mais il contient une Confeſſion bien claire, & le

les Incrédules, diſons nous d'après M. d'Alembert, *ſe ſont glorifiés du chef qu'on leur donnoit ſi gratuitement ; ils ont accepté avec reconnoiſſance l'eſpece de préſent qu'on leur faiſoit ; & le nom de M. de Monteſquieu leur a été bien plus utile, que les prétendus traits qu'on l'accuſoit d'avoir lancés contre le Chriſtianiſme.... Auſſi qu'eſt-il enfin arrivé, après tant d'écrits & d'injures pieuſes contre l'auteur de* l'Eſprit des loix ? *Les défenſeurs éclairés de la Religion, qui étoient d'abord reſtés dans le ſilence, l'ont enfin rompu (peut-être un peu trop tard) pour juſtifier ce Philoſophe. Ils ont ſenti le poids du nom qu'on leur oppoſoit, & n'ont rien oublié pour le rayer du catalogue des Mécréans, où on l'avoit ſi légérement placé.*

L'Auteur des *Lettres Critiques*, dont le zèle trop ardent nuit quelquefois à la bonne cauſe qu'il défend, auroit dû imiter la Sorbonne qui n'a jamais imprimé aucune flétriſſure ſur les écrits de M. de Monteſquieu ; ſoit qu'elle les ait trouvés à l'abri des atteintes de la foudre, ou qu'elle ne les ait pas jugés pernicieux. Et que prétend cet Auteur avec ſes obſervations critiques ſur l'*Eſprit des Loix*? S'il a réuſſi à décrier cet excellent ouvrage dans l'eſprit des ignorans, il a encore mieux prouvé qu'il n'avoit pas la clef du ſens que l'Auteur a prétendu y renfermer. Loin de lui devoir des éloges, il n'a mérité que notre cenſure dans cette partie de ſon travail ; nous ne prétendons pas l'étendre à tout ce qu'il a écrit. Nous ne diſſimulerons point que c'eſt lui que nous avons eu principalement en vûe dans la réfutation que nous avons faite de ceux qui ont attaqué l'*Eſprit des loix*. Si l'Auteur de la Lettre n'a pas goûté nos raiſons, nous nous flattons, Meſſieurs, qu'elles feront une autre impreſſion ſur votre eſprit. Nous allons en expoſer ici quelques unes.

M. l'Abbé Gauchat, pour mieux critiquer *l'Eſprit des loix*, a imaginé un plan qui n'eſt point celui de l'Auteur ; & parce que M. de Monteſquieu n'a pas rempli ce plan imaginaire, il le trouve continuellement en défaut. Ce terrible Cenſeur veut abſolument que par *Eſprit des loix* on entende le véritable objet qu'elles ſe propoſent ; tandis que dans le ſtyle de M. de Monteſquieu ces mots ſignifient, la raiſon qu'on peut donner de cette infinie diverſité de loix & de mœurs, qu'on prendroit volontiers pour l'ouvrage des fantaiſies des hommes, quoiqu'elle ſoit fondée ſur des cauſes phyſiques & morales. De cette mépriſe, il réſulte néceſſairement que M. l'Abbé Gauchat réfute très bien le livre qu'il a dans la tête, mais nullement celui de M. de Monteſquieu. C'eſt ce que nous avons voulu faire entendre par ces paroles. „ Les Critiques qui ſe ſont le plus élevés contre *l'Eſprit des loix*, ſont ceux qui en ont moins compris le plan ; & ce plan ne leur a échappé, que parce qu'ils ont eu trop bonne opinion d'eux mêmes. „ Comme la plupart d'entr'eux ſont des Théologiens „ & des Moraliſtes, il n'eſt pas douteux que, s'ils „ avoient traité la même matière que M. de Monteſquieu, ils n'y euſſent fait entrer bien des queſtions „ que l'on agite dans les écoles ſur les vertus humaines & ſur les vertus Chrétiennes ; & qu'ils n'y euſſent „ mis ce qu'ils ſçavent très bien : mais ce n'eſt point „ avec ces queſtions qu'on fait des livres de politique „ & de juriſprudence. Notre Auteur n'ayant pas cru

Journaliste après s'être expliqué de la sorte, ne peut aucunement prendre en mauvaise part, qu'on place son Livre à côté du Dictionnaire, & qu'on juge l'un & l'autre dignes du même sort. Son procès est conclu; si les Juges de Liége veulent donner sentence, ils n'ont plus besoin d'autres piéces.

6°. Que si l'on veut avoir quelques preuves détaillées sur les systêmes affreux, dont le Journaliste est sectateur: on n'a qu'à jetter les yeux sur les extraits qu'il donne du Livre *de l'Esprit*, où sa Philosophie détestable & la noirceur des idées, qu'il s'est formées sur les premiers principes de la Morale, se montrent en tout leur jour. On sait, que ce fameux Livre, qui detruit toutes les Loix divines & humaines, a révolté tout homme raisonnable, qu'il a été flétri non seulement par la puissance Ecclésiastique à Rome & à Paris, mais aussi condamné par un arrêt du Parlement. C'est cependant cet Ouvrage qui fait les délices du Journaliste de Liége, qui ose même tourner à la gloire de l'Auteur les Censures & les contradictions, qu'il a si bien méritées. Voici comme il en parle, *la condamnation que son Ouvrage a essuyée, n'est que la peine d'un moment, & s'il passe chez les Nations éloignées & à la postérité, le jugement, qu'elles en porteront, peut d'avance dédommager l'Auteur des disgraces, qu'on lui suscite dans sa patrie.* Et pour montrer qu'on ne méprise pas seulement les Censures de quelques particuliers, mais qu'on en veut même à celles, qu'en pourroient porter les Magistrats, le Journaliste a la hardiesse d'ajoûter: *Déjà même ce suffrage tacite des Lecteurs, plus indulgens que des Magistrats, tempere au fond de son cœur l'amertume d'une prohibition authentique.* Un Journaliste pareil, qui ose lever si ouvertement l'Etendard de la Rébellion, & se moquer des Prohibitions les plus authen-

„ devoit placer dans un livre de droit toutes les vérités de la Religion révelée, ils ont conclu judicieusement, qu'il les nioit, parce qu'à sa place ils en auroient parlé. On critiquoit autrefois sur les choses qu'on écrivoit, aujourd'hui l'on déclame sur celles qu'on n'écrit pas.

„ M. de Montesquieu connoissoit les bornes des sciences; il a donc resserré son sujet dans l'enceinte qui lui convient. Riche de son propre fond, il pouvoit s'étendre à l'infini; mais il n'a fait usage de sa force que pour se contenir dans les limites que le génie seul peut se fixer à lui même. Il faloit des limites dans une matière aussi vaste que l'esprit des loix, puisqu'elle embrasse toutes les institutions qui sont reçues parmi les hommes, puisqu'il s'agit de distinguer ces institutions, d'examiner celles qui conviennent le plus à la société & à chaque société, d'en chercher l'origine, de découvrir celles qui ont un degré de bonté par elles mêmes, & celles qui n'en ont aucun; puisque de deux pratiques pernicieuses, il faut chercher celle qui l'est plus & celle qui l'est moins, discuter celle qui peut avoir de bons effets à un certain égard, & de mauvais dans un autre. Un sujet aussi immense laissoit-il encore de la place aux questions du péché originel & de la grace qui n'y ont aucun rapport?

„ Dans l'étendüe de sa carrière, il a dû nécessairement traiter de la Religion, parcequ'elle entre dans son plan; mais il n'a point dû l'envisager selon les vûes des Critiques, parcequ'il n'est pas Théologien. C'est comme des institutions humaines qu'il a dû considérer les fausses Religions, & nullement sur le degré de fausseté qu'elles peuvent avoir. Quant à la Religion Chrétienne, il n'en a parlé que par occasion; parceque par sa nature, ne pouvant être modifiée, mitigée, ni corrigée, elle n'entroit point dans le plan qu'il s'étoit proposé. Au lieu d'attaquer cet illustre Ecrivain avec tant d'aigreur, les Critiques auroient mieux fait de relever le prix des choses qu'il a dites en faveur du Christianisme. Ils sont injustes, toutes les fois qu'ils lui reprochent de n'avoir pas assez mélé de morale & de Théologie dans ce qu'il a écrit sur les pratiques religieuses des Nations quelconques, puisqu'il n'auroit pu le faire qu'en défigurant lui même la nature de son ouvrage.

Que veut dire l'Auteur de la lettre, que sous prétexte qu'on ne parle pas en Théologien, mais en Philosophe politique, on n'est pas en droit pour cela de se faire toutes sortes de systêmes, & que les Théologiens & les Moralistes peuvent exercer leur censure sur eux, s'ils leur paroissent contraires aux enseignemens de l'Eglise? Ne diroit-on pas que M. de Montesquieu a donné atteinte à la vérité de cette maxime?

Qui doute que le Christianisme ne puisse être envisagé dans ses rapports avec l'Etat civil? Mais ces rapports, différents de ceux dans lesquels on le considéreroit avec la cité de Dieu, ne doivent pas leur être opposés. En quoi M. de Montesquieu a t'il blessé la révélation ou la morale, lorsqu'il a présenté le Christianisme sous le premier aspect? Nous avions prévenu cette difficulté que l'Auteur de la lettre répéte d'a-

tiques,

tiques, n'eſt-il pas un homme bien dangereux dans un état ?

Le Journal pourſuit, & pénétré des grands ſentimens de l'Auteur, il preſente en détail tout le venin, qui eſt contenu dans ce volume pernicieux. *L'eſprit*, dit-il, *n'eſt qu'un aſſemblage d'idées... Toutes ſes idées viennent de la ſenſibilité Phyſique, & celle-ci dépend de l'organiſation extérieure.* Voilà le principe par lequel il débute. On en ſent les conſéquences. En voici quelques autres ſur la notion du bien & du mal. *Le public eſt le ſeul appréciateur équitable. Il n'y a d'actions honnêtes, grandes ou héroïques, que celles qui lui ſont utiles. Comme les intérêts du Public varient ſelon les lieux & les tems ; la vertu ne ſauroit être toujours la même, & l'idée en eſt arbitraire.* La diſtinction des vertus & la deſcription qu'il y donne de la Morale, méritent d'être obſervées. On en parlera plus bas.

Pourſuivons. *La ſenſibilité Phyſique ſeule produit toutes nos idées : elle eſt l'unique & le grand principe de toutes les opérations de l'Eſprit... Cette ſenſibilité n'eſt en nous que la capacité d'appercevoir les convenances & les diſconvenances, qu'ont entr'eux les objets divers.* Ici le Journaliſte n'eſt pas tout-à-fait du même ſentiment que ſon original ; puiſqu'il ajoûte cette note : *Pourquoi l'Auteur n'a-t-il pas ajoûté, relativement à nous ? Car nous ne connoiſſons rien de certain que ce qui nous regarde.* Avec de tels principes on ira bien loin. Il n'eſt pas néceſſaire, Meſſieurs, de vous en faire ſentir l'énormité. Enfin il conclut que dans tout le premier diſcours du Livre *il ne trouve rien de répréhenſible, ſi on en excepte une comparaiſon, que l'Auteur y fait du ſinge avec l'homme, & qui, quoiqu'elle ſoit à l'avantage de l'eſpece humaine, peut bleſſer notre amour propre.* C'eſt ainſi que ces âmes de bouë près M. Gauchat, dans ces termes. „ Dans quel endroit „ de l'*Eſprit des loix* a t'il flétri cette Religion, qui, „ ſelon ſa propre expreſſion, a ſa racine dans le Ciel? Ne „ s'eſt-il pas empreſſé à lui payer dans toutes les occaſions „ le tribut de reſpect & d'amour que doit lui rendre tout „ Chrétien ? Dans la comparaiſon qu'il en a faite avec „ les autres Religions, ne l'a-t'il pas toujours miſe au „ deſſus de toutes ? Pourquoi donc groſſit-il aujour- „ d'hui la liſte de ceux qui ne ſont connus que par leurs „ blaſphêmes contre le Ciel ? Siécle malheureux, où le „ faux zèle croit d'autant plus ſervir la Religion, qu'il „ en ſépare ceux qui ſeroient le plus propres à l'ho- „ norer ! Par quelle bizarrerie veut-on ôter à M. de „ Monteſquieu le titre de Chrétien, tandis qu'on le „ donne preſque à Platon ? Mais enfin quel eſt donc „ le prétexte de tant d'accuſations téméraires contre „ l'orthodoxie de M. de Monteſquieu ? C'eſt que *les* „ *traits qu'il aiguiſe le plus, ſont ceux qu'il lance contre* „ *l'Intolérance* : c'eſt que *de tous les droits de la vérité*, „ *c'eſt celui qu'il reſpecte le moins* : c'eſt que *ce droit eſt* „ *le plus inaliénable, puiſqu'on ne ſauroit lui en refuſer* „ *la poſſeſſion & l'exercice, ſans l'obliger à partager ſon* „ *thrône avec le menſonge.* Quoi ! la vérité avoir le „ droit de perſécuter ! ah ! ce n'eſt pas là l'eſprit de „ l'Evangile : *le caractere de la vérité*, dit le grand hom- „ me qu'on calomnie, *c'eſt ſon triomphe ſur les cœurs &* „ *ſur les eſprits, & non pas cette impuiſſance que l'on* „ *avoue, lorſqu'on veut la faire recevoir par des ſupplices.*

„ Qu'un recueil de tous les paſſages de l'*Eſprit des* „ *loix*, diſons nous plus bas, où l'on ſent une ame péné- „ trée de toute la grandeur de la Religion Chrétien- „ ne, auroit fait d'honneur à un Pere même de l'E- „ gliſe ! ceux qui craignent que l'*Eſprit des loix* ne faſ- „ ſe tort à la Religion Chrétienne chez les Princes „ idolâtres, penſent-ils aſſez dignement de cette Re- „ ligion ? M. de Monteſquieu la connoiſſoit bien, & „ il en célébroit la puiſſance, quand il diſoit : a t'elle „ réſolu d'entrer dans un pays ? Elle ſçait s'en faire „ ouvrir les portes ; tous les inſtrumens lui ſont bons „ pour cela. La Religion Chrétienne ſe cache t'el- „ le dans des lieux ſouterreins ? Attendez un mo- „ ment, & vous verrez la Majeſté Impériale parler „ pour elle. Elle traverſe, quand elle veut, les mers, „ les rivieres, & les montagnes. Ce ne ſont pas les „ obſtacles d'ici bas qui l'empêchent d'aller. Mettez „ de la répugnance dans les eſprits ; elle ſçaura vain- „ cre ces repugnances : établiſſez des coutumes, formez „ des uſages, publiez des Edits, faites des loix ; elle „ triomphera du climat, des loix qui en réſultent, & „ des légiſlateurs qui les auront faites.

Comment l'Auteur de la Lettre n'a-t'il pas vû dans ces derniers paroles une réfutation éclatante de cet aſcendant invincible qu'il ſuppoſe que M. de Monteſquieu donne au climat ſur la Religion ? Dans le ſyſtême de ce grand homme, les loix ſont faites pour ſervir de contrepoids à la force du climat ; donc c'eſt à tort qu'on lui reproche d'avoir fait de l'homme une machine qui reçoit du climat toutes ſes impreſſions de vice ou de vertu. Qui ne reconnoît dans ce paſſage de notre Journal les principes de M. de Monteſquieu ? „ Comme le caractére de l'eſprit & les paſ-

avilissent la dignité de la nature humaine. Homme ! si on vous compare à un singe ; c'est un avantage, qu'on vous mette au dessus de lui : & si cette comparaison vous blesse, ne vous en prenez qu'à votre amour propre. Votre raison, la dignité de votre être, si fort relevées au dessus de la bête, n'ont aucun droit d'y réclamer.

Passons à son second extrait, donné au Journal du 1. Octobre suivant. Nous avons vu, que le Public est juge de la vertu, que l'idée en est arbitraire, & qu'elle ne sauroit être toujours la même. On pourroit demander : quel est le principe, sur lequel le Public doit se régler pour se former cette idée, & juger de la vertu ? Vous trouvez ici la réponse fol. 4. &c. *Qu'elle est la regle de ses jugemens ? L'intérêt... L'intérêt est donc le souverain appréciateur de toutes choses... L'intérêt est le juge des actions & des pensées... C'est l'intérêt, qui juge du bien & du mal en fait de probité, comme en fait d'esprit. C'est l'intérêt personnel, qui dicte le jugement des particuliers, & l'intérêt général, qui dicte celui des nations. Qu'est-ce donc que la probité par rapport à un particulier ? C'est dans autrui l'habitude des actions utiles à ce particulier... Il est aussi impossible à l'homme d'aimer le bien pour le bien, que d'aimer le mal pour le mal.*

De tels principes ne font-ils pas frémir, & trouve-t-on des leçons pareilles dans le Paganisme même ? *l'intérêt* est juge de la probité, du bien & du mal !

Voici encore une leçon qui n'est pas moins belle. *Qu'est-ce donc*, demande-t-il, *c'est l'habitude des actions, qui lui sont utiles*. Et peu après on trouve ces exemples, qui révoltent la nature. *Le vol des Spartiates, le meurtre des Vieillards chez les sauvages, l'exposition des enfans à la Chine, l'usage des Femmes In-*

„ sions du cœur sont extrêmement différentes dans les „ divers pays, il faut aussi que les loix, pour s'y conformer, soient différentes, & qu'elles tendent à „ corriger les vices du climat. Plus les causes physiques portent les hommes au repos, plus les causes „ morales les en doivent éloigner. C'est donc une „ bonne loi dans un pays où la paresse nait du climat, que celle des Chinois, qui ont fait la Religion, leur Philosophie & leurs loix toutes pratiques. Quoique le Monachisme chez les Chretiens „ soit respectable par son institution, on doit d'autant „ moins le favoriser dans les pays chauds, qu'il en „ augmente la paresse. Mais les Nations paresseuses „ étant ordinairement orgueilleuses, qui empêcheroit „ le Legislateur de tourner l'effet contre la cause, & „ de détruire la paresse par l'orgueil ?

Voulez vous encore de nouvelles preuves du soin que nous avons d'exclure, d'après la doctrine de M. de Montesquieu, l'influence suprême qu'on veut qu'il ait attachée au climat ? „ Quoique soumis au climat, disons nous, l'homme l'est encore plus à sa raison qui lui „ parle hautement, & aux loix civiles qui le menacent. „ S'il est absurde d'attribuer tout au climat, il ne l'est „ pas moins d'en nier certains effets. Qui peut méconnoître dans les Nations les grands traits qui les distinguent les unes des autres ; & qui sont inaltérables. „ Quiconque a lu Tacite & César, reconoîtra encore „ les Allemans, les François & les Anglois, à la maniere dont ils ont été peints il y a dix huit siécles. „ Cependant combien tous ces Peuples sont ils aujourd'hui différens de ce qu'ils étoient alors ! le climat „ ne fait donc pas tout, quoiqu'il fasse beaucoup. Il „ subsiste parmi les changemens qu'aménent après eux „ les arts & sciences, le commerce, la politique, l'éducation, la religion. Le caractère qu'il imprime à „ chaque Nation est ineffaçable : certains vices dominans & certaines vertus restent toujours à chaque „ peuple. Les Souverains ont beau donner à une Nation barbare le vernis de la politesse ; ils n'ajouteront „ que quelque couleur passagère à la couleur dominante „ du tableau.

Si l'Auteur de la lettre avoit jugé à propos de s'expliquer davantage, nous saurions alors ce qu'il condamne dans les principes de M. Montesquieu sur la vertu & sur la morale. Il ne nous apprend rien sur ces deux articles si ce n'est qu'ils sont répréhensibles. Il faut qu'il ait bien compté sur la crédulité de ceux qui le liroient pour en parler d'une maniére si mystérieuse. Parceque M. de Montesquieu a dit que la Polygamie est conforme au physique du climat de l'Asie, peutêtre se persuade-t-on que ce Législateur des Nations n'y voit rien qui blesse la loi naturelle. Il ne seroit pas le premier qui lui auroit fait cette injustice, & qui déclamât contre sa morale. Comme M. Gauchat est le guide de notre Censeur, & qu'il lui prête les traits dont il arme ses foibles mains, nous présumons que c'est d'après lui qu'il dit que M. de Montesquieu ne pense pas bien de la vertu. Nous appliquerons à ce Critique subalterne ce que nous avons répondu à M. le Docteur Gauchat dans notre analyse de *l'Esprit des Loix*. Voici comme nous y parlons.

„ Si les Critiques moins prévenus & plus attentifs

diennes qui se brûlent à la mort de leurs Maris, l'édit des Suisses qui non seulement permettoit, mais ordonnoit aux Prêtres d'avoir chacun une Concubine: toutes ces Loix & ces usages sont fondées sur des raisons, que les circonstances des Siécles, ou des Pays divers ont rendu légitimes. Cette idée philosophique (de la vertu) *répand un jour pur & lumineux sur l'Histoire des Loix, & si elle est bien saisie, elle doit appaiser les cris, que la prévention, ou la cabale élévent contre cet Ouvrage.* Nous disons, & tout le genre humain dira avec nous, nonobstant qu'on nous menace du nom de Cabale & de prévention, que des idées pareilles font la honte de la raison humaine; la honte de l'Auteur & de notre Siécle: & que la postérité sera étonnée, que l'on ait osé les débiter dans un Journal imprimé à Liége, & dédié à son Prince-Evêque.

On ajoûte ici immédiatement la distinction de la vertu, qu'on avoit déja donnée dans le premier extrait. Fol. 34. *l'Auteur d'après son principe distingue des vertus de préjugé & de vraies vertus. Celles qui contribuent au maintien, ou au progrès de la félicité publique, sont les véritables vertus. Les vertus de préjugé sont celles, qui n'ajoûtent rien au bonheur public: telles sont les austérités des Fakirs de l'Inde, que la superstition a consacrées; nuisibles à l'homme, qu'elles tourmentent, elles sont inutiles à la société.*

Il n'y a donc de vraie vertu, que la vertu politique, une vertu de préjugé ne mérite pas le nom de vertu. Mais une petite réflexion sur l'inconséquence de ces Messieurs. On s'étoit élevé contre le livre de M. de Montesquieu (l'Esprit des Loix) à cause des idées, qu'il y donnoit de la vertu. Le Journaliste se récrie contre l'injustice de ces critiques, que la prévention a empêché de voir, que le „ au dessein de l'auteur, n'avoient voulu voir dans „ *l'Esprit des Loix* que ce qu'il y a mis, ils ne se „ roient pas scandalisés mal à propos. Ils auroient sen- „ ti que ce qu'il appelle *la vertu* dans les Republiques, „ est l'amour de la patrie, c'est-à-dire, l'amour de l'é- „ galité. Ce n'est point une vertu Morale, ni une ver- „ tu Chrétienne; c'est la vertu politique, & celle-ci „ est le ressort qui fait mouvoir le gouvernement ré- „ publicain, comme l'honneur est le ressort qui fait „ mouvoir la monarchie. Les nouvelles idées de l'Au- „ teur exigent qu'on lui pardonne les nouvelles accep- „ tions qu'il a données à des mots anciens. Faute de „ cette attention, on lui a fait dire des choses absur- „ des, & qui seroient révoltantes dans tous les pays „ du monde, parce que dans tous les pays du monde „ on veut de la morale...... Ainsi que le sentiment „ de la gloire peut s'allier dans un cœur avec la „ vertu, le ressort de chaque Etat ne la détruit „ point dans ceux qu'il excite à obéir aux loix, „ & à faire des actions difficiles. La vertu peu active „ par elle même, a toujours besoin qu'on l'encourage.

„ C'est donc une vaine déclamation de la part des „ Critiques, de publier que l'Auteur exclud de la mo- „ narchie les vertus Morales & Chrétiennes. En don- „ nant à la monarchie l'honneur pour ressort, il n'a „ point, comme on le lui reproche, caché dans son „ sein, des levains toûjours prêts à fermenter, & à „ l'étouffer au premier instant de foiblesse ou de mol- „ lesse dans l'exercice de son pouvoir, ou d'abus & „ d'excès dans l'usage de sa force. Cet honneur y „ donne la vie à tout le corps politique, aux loix „ & aux vertus même. Et pourquoi, s'il est vrai „ que l'honneur & la crainte, ces deux ressorts, l'un „ de la Monarchie, l'autre du Despotisme, y étouffent „ toutes les vertus, l'Auteur lie-t'il partout à la cons- „ titution des Etats la Religion comme un ressort es- „ sentiel? Que fait la Religion dans un Etat, si elle „ n'y fait pas honorer la vertu?

Nous voici parvenus enfin au fameux Dictionnaire Encyclopédique. Après l'espèce de flétrissure qu'il a reçue, & du Roi qui l'a supprimé par un Edit, & du Parlement à qui il a été dénoncé par un de ses Avocats généraux, l'Auteur de la Lettre a cru qu'il ne lui en faloit pas davantage pour couvrir à son tour notre Journal d'opprobre. Mais sur quoi se fonde t-il pour lier ainsi la condamnation de notre Journal à celle du Dictionnaire? 1o. Sur la ressemblance du nom; dans ce nom, si fameux aujourd'hui, il trouve mille hérésies & mille impiétés: 2o. Sur les éloges dont nous avons comblé cette production littéraire: ces éloges lui paroissent contenir tout le poison dont elle est infectée.

Mais au moins est-il entré dans quelque discussion? Vous avez vû jusqu'ici, Messieurs, que c'est la chose du monde à laquelle il a le moins pensé. Il a cru sans doute que cette horreur pour notre Journal dont il se sent pénétré, l'éclairoit suffisamment ainsi que les autres, sur ce qu'il y a de répréhensible. Il cite seulement ici deux articles du Dictionnaire; *l'Eclectisme* & *l'existence*, par lesquels on peut juger, selon lui, des principes monstrueux qui y sont répandus. Mais quels sont ces principes? Il ne vous le dit pas, mais il s'en repose,

Président ne parle pas de la vertu considerée en soi, mais seulement sous le rapport, qu'elle a avec le bien de l'Etat, & par conséquent de la seule vertu politique, qui constitue la vraie vertu: les autres nesont que de fausses vertus & de préjugé. N'est-ce donc pas une vaine défaite du Journaliste, d'excuser le Président sur les idées, qu'il donne de la vertu, en disant, qu'il ne parle pas de la vertu, sinon en tant qu'elle est liée avec le bien de l'Etat, puisqu'il ne reconnoit d'autre véritable vertu, que cette vertu politique?

D'ailleurs ne conçoit-on pas, que sous la Classe de ces vertus de préjugé on place toutes les mortifications & les austérités Chrétiennes, qu'on seroit bien aise de voir exterminées, & qu'on attribue puérilement aux Fakirs des Indes, parce qu'on n'ose pas encore déclarer ouvertement ses sentimens en les attribuant aux héros du Christianisme? selon de tels principes, les souffrances & la constance des martyrs n'ont été que de fausses vertus; puisqu'en mourant pour l'Evangile l'homme étoit tourmenté & la societé perdoit ses membres.

L'idée qu'on a de la Morale, se regle nécessairement sur celle, qu'on s'est formée de la vertu. Encore un mot (& nous finissons) pour faire voir la notion ridicule, que ce livre nous donne de la Morale.

On trouve dans le premier extrait fol. 35: *Les bons Moralistes sont ceux qui savent indiquer les défauts de la Législation: Les Moralistes hypocrites ou faux sont ceux qui n'attaquent que les vices de particuliers.... Il y a des moyens de perfectionner la Morale, c'est de détruire insensiblement les préjugés en y substituant les principes simples de l'utilité générale & de l'intérêt temporel.* Voilà donc l'intérêt tem- pour leur developpement, sur les grands Ecrivains qui ont attaqué l'Encyclopédie. Au lieu de copier cinq ou six pages d'éloges dispersés dans nos divers Journaux, il eût bien mieux valu qu'il les eût remplies de raisonnemens. Messieurs les Curés de Liége ne l'avoient ils donc consulté, que pour apprendre de lui que nous avons loué les Encyclopédistes?

Allons plus loin. Que signifient, au reste, tous ces éloges que nous avons prodigués au Dictionnaire? Peuvent-ils nous rendre plus impies que ceux qui ont mêlé leurs voix au concert de louanges qu'il a reçues de toute l'Europe? Jamais entreprise littéraire ne fut peut-être annoncée avec plus d'éclat. Sa réputation déja bien établie par les premiers volumes, s'accrut encore dans les suivans des noms illustres qui décorèrent la liste de ses Auteurs. C'étoit, en un mot, tout ce qu'il y avoit de plus distingué dans la littérature. Si dans cette yvresse où étoit toute l'Europe, nous avons été emportés avec elle, c'est moins notre crime que le sien propre. Pouvions nous croire qu'il y eût du danger à louer un ouvrage que tout le monde admiroit, & qui s'imprimoit sous les auspices de Sa Majesté le Roi très Chrétien? Ainsi se réduisent à rien tous ces éloges étalés avec affectation, dont l'Auteur de la lettre a voulu grossir la tempête qui s'est élevée contre nous.

On peut dire la même chose de l'autorité qu'on voudroit tourner contre nous, comme si nous ne l'avions pas respectée depuis qu'elle a parlé, toutes les fois que nous avons eu occasion de dire quelque chose de l'Encyclopédie. Mais cette autorité dont on prend ici avantage contre nous, laisse encore indécis le sort de l'Encyclopédie. Le Parlement a nommé parmi les Théologiens, les Avocats & les Academiciens, des personnées éclairées pour la soumettre à un examen profond & réfléchi. Comme cet Oracle n'a point encore prononcé, il nous est au moins permis de suspendre notre jugement sur les erreurs qu'on lui attribue. La révocation du privilége qu'on a obtenue du Roi, ne tiendroit pas vraisemblablement contre une décision favorable. L'utilité du livre est trop bien constatée, pour qu'on n'en poursuivit pas avec chaleur l'exécution, s'il étoit une fois bien prouvé que tout son crime est d'avoir eu pour ennemis des hommes jaloux de tout le bien qui ne se fait pas par eux. Quand le tems aura déchiré les voiles qui cachent à nos yeux tant de trames ourdies secrettement pour faire tomber un ouvrage, auquel l'Europe entière avoit applaudi, de quel côté sera l'opprobre? Tombera-t'il sur les Auteurs, ou sur ceux qui les auront persécutés? C'est ce que l'Histoire apprendra, si ce n'est à nous, du moins à notre postérité.

Sans prétendre décider ici en faveur de l'Encyclopédie, ni élever le moindre murmure contre les ordres émanés du trône, nous nous croyons en droit de mépriser les moyens que l'Auteur des *préjugés légitimes contre l'Encyclopédie* a mis ici en œuvre, pour la représenter comme un livre dangereux & abominable. Elle peut être l'un & l'autre, mais ce ne sera jamais par les attaques de cet auteur qu'on le prouvera. Une personne s'est chargée de dévoiler à travers ses sophismes

porel, premier mobile de leur Morale, qui reprend sa place, & on sent bien quels sont ces hypocrites, à qui on en veut. Dans le second extrait, après avoir déclamé contre les Moralistes, qui élevent toujours leur voix contre les vices & les Passions, on leur prescrit fol. 14 les objets qu'un Moraliste doit traiter. *Un défaut*, dit-on, *dans la Jurisprudence, dans la distribution des Impôts, dans la discipline militaire, dans l'éducation publique; voilà ce qui doit l'allarmer, & non l'orgueil des Grands, ni la sotte fierté des Riches.* Des gens, qui ont ces sentimens, peuvent-ils avoir quelque idée de l'Evangile, & est-il possible qu'ils reconnoissent Jesus-Christ comme le premier maître de la Morale? Si ses Ministres commençoient à critiquer en chaire la Législation, à distribuer les Impôts & à donner des regles Militaires; nos Philosophes prétendus seroient les premiers à crier à l'abus; & la puissance séculiere leur interdiroit à bon droit des exhortations pareilles, qui n'appartiennent pas à leur Ministére Evangélique. Mais c'est précisément alors, qu'on seroit parvenu à son but, si tous les Théologiens & Moralistes Chretiens devoient se taire, & qu'il n'y auroit plus que nos Philosophes, qui porteroient la parole.

Il y a encore bien d'autres absurdités en cet Ouvrage, mais en voilà assez pour faire connoître la trempe de l'Esprit & les sentimens de l'Auteur, & de ceux qui osent préconiser des livres pareils. Le Journaliste à son ordinaire a la prudence d'y reconnoitre de tems en tems quelque peu d'ivraie, mais qui n'empêche pas, selon lui, qu'on n'y trouve une moisson fort riche. Enfin en prodiguant toujours son encens à son livre chéri, il en fait la récapitulation en son Journal du 1. Novembre 1757, & la finit en s'écriant:

les petites raisons qu'il employe pour renverser ce qu'il ne comprend pas, & d'exposer l'injustice de son procédé dans l'altération réfléchie des opinions qu'il combat. En attendant, nous allons venger ici contre lui l'Article *Eclectiques*, non par aucun sentiment de haine contre sa sa personne qui nous est inconnue, mais par le motif d'une défense légitime à laquelle nous provoque l'Auteur de la lettre.

Quand on écrit dans l'intention de trouver des erreurs dans un ouvrage, il seroit bien difficile que les expressions les plus orthodoxes, en passant par l'imagination d'un homme passionné, ne prissent pas une teinte de l'erreur qu'il voudroit y attacher. C'est ce qui se voit clairement dans la tournure, que l'Antagoniste de l'Encyclopédie donne à l'article que nous examinons. Présentez le à lire à quelqu'un qui n'aura pas des engagemens pris pour s'illustrer par une haine éclatante contre des Auteurs célebres; il n'y verra rien de ce que M. Chaumeix a voulu y appercevoir. L'*Eclectique*, selon M. Diderot, *est un Philosophe qui, foulant aux piès le préjugé, la tradition, l'ancienneté, le consentement universel, l'autorité, en un mot tout ce qui subjugue la foule des Esprits, ose penser de lui même, remonter aux principes généraux les plus clairs, les examiner, les discuter, n'admettre rien que sur le témoignage de son experience & de sa raison; & de toutes les Philosophies, qu'il a analysées sans égard & sans partialité, s'en faire une particuliere & domestique qui lui appartienne.* S'il s'est trouvé autrefois des Philosophes de cette trempe, a t-on pu leur refuser la qualité de bons Esprits? Y a t-il même une autre maniere de devenir Philosophe que de secouer au loin les préjugés, & de ramasser les vérités éparses sur la surface de la terre? Croire sur la foi d'autrui ce qui est uniquement du ressort de la raison; mettre des entraves à cette raison, quand il s'agit de lui donner l'essor; traiter l'homme d'égal avec Dieu même en lui soumettant ses lumieres, c'est avilir la dignité de son être. Il est si vrai que notre raison est un oracle respectable pour nous, que c'est uniquement sur sa réponse que nous nous remettons entre les mains de la foi, pour croire des mystéres inaccessibles à nos foibles lumieres. Il faut que nous nous convainquions nous mêmes que Dieu a parlé, pour que l'hommage que nous rendons aux vérités révélées, soit digne de lui. Ainsi un vrai Eclectique, un Eclectique qui feroit un usage légitime de sa raison, deviendroit bientôt un parfait Chrétien. Une des premieres vérités sans doute, c'est de voiler sa raison quand Dieu parle. Pourquoi l'Antagoniste de l'Encyclopédie ne veut-il pas que l'Eclectisme ait été la Philosophie des bons esprits? Est-ce qu'une croyance machinale est préférable à une croyance raisonnée? D'ailleurs que nous parle t'il ici de ceux, qui depuis la naissance du monde jusqu'à J. C. ont conservé le dépôt sacré des vérités révélées, tandis que le parallele roule ici entre les Eclectiques & les Philosophes des autres sectes? Quand on n'a qu'une idée dans la tête, on est sujet à ne pas raisonner exactement. L'Encyclopédiste doit être bien surpris qu'on lui fasse parler Théologie où il ne vouloit être que Philosophe?

Nous passons ici plusieurs petits détails où M. Chau-

Encore vingt ans, *& il sera justement apprécié.* Mais malheureusement pour lui, il se trouve dès-à-présent trompé dans ses espérances. Tout homme, qui a quelque teinture de la Religion & de raison, en connoit le prix : & les flétrissures qu'il a reçues, de la part des deux Puissances, & qui n'ont fait que soutenir l'indignation générale de l'humanité ; ont établi suffisamment qu'elle est la valeur de cette fausse monnoie. Si après cela quelques Philosophes, qu'on appelleroit plus justement raisonneurs, sont encore assez hardis de prôner des livres pareils, c'est aux Supérieurs à ôter ce scandale, & à juger quelle peine méritent ces hommes téméraires & dangereux. En France on n'a pas seulement puni l'Auteur du Livre *de l'Esprit*, mais même son Censeur, qui certainement ne l'avoit pas tant loué, que ne l'a fait le Journaliste de Liége. L'Auteur de la Religion vengée lui reproche avec beaucoup de justice, que s'il poursuit de la sorte, son Journal sera bientôt la sauvegarde de l'Irréligion.

Après ces réflexions, Messieurs, il nous paroit clair, que le Journal est un livre très dangereux, qu'il adopte les principes les plus absurdes tendants à renverser l'Eglise & l'Etat, & à porter la corruption la plus infame dans les mœurs. Nous avons vu, que ses héros, que ses écrits ne sont qu'un tissu de leurs sentimens, & que les Auteurs, qui les combattent, ne sont auprès de lui que des imbécilles & des ignorans.

Encore si un tel Journal sortoit des presses de l'Angleterre, le scandale, qu'il donne, seroit bien moindre. Mais comment pourroit-on ne pas être étonné, quand on voit, que ce livre est débité impunément dans la Ville de Liége, Ville, où la Foi Catholique est si fort enracinée & de si vieille date; que se fait gloire meix mêle quelques vérités étrangéres au sujet dont il est traité dans l'article *Eclectisme*, avec les injures pieuses dont il charge tout ce qu'il écrit. Mais ce qui deshonore la Religion, dont on paroît ici prendre la défense, c'est qu'on ose introduire l'Encyclopediste appliquant au Christianisme ces mots *le systême d'extravagances le plus monstrueux qu'on puisse imaginer*, qui frappent uniquement sur *l'Eclectisme.* Ecoutons-le parler. „ Par „ quel travers inconcevable arriva-t'il, qu'en parlant „ d'un principe aussi sage que celui de recueillir de tous „ les Philosophes, *Tros Rutulus-ve fuat*, ce qu'on y „ trouveroit de plus conforme à la raison, on négligea „ tout ce qu'il falloit choisir, on choisit tout ce qu'il „ falloit négliger, & l'on forma le systême d'extrava- „ gances le plus monstrueux qu'on puisse imaginer ; „ systême qui dura plus de 400 ans, qui acheva „ d'inonder la surface de la terre de pratiques supers- „ titieuses, & dont il est resté des traces qu'on re- „ marquera peut-être éternellement dans les préjugés „ populaires de presque toutes les Nations.

Ce Phénomene si singulier, l'Encyclopédiste le développe en décrivant l'histoire des pratiques fantasques, extravagantes & criminelles, dans lesquelles les Eclectiques se plongérent par haine pour le Christianisme, qu'ils contrefirent, à peu près comme le Diable, ce singe de la Divinité, qui selon Tertullien, a contrefait dans tous les tems ce qu'il y a de plus sacré & de plus auguste dans la véritable Religion.

„ Quand la superstition, dit M. Diderot, cherche „ les ténébres, & se retire dans les lieux souterreins „ pour y verser le sang des animaux, elle n'est pas „ éloignée d'en répandre de plus précieux; quand on „ a cru lire l'avenir dans les entrailles d'une brebis, „ on se persuade bientôt qu'il est gravé en caractè- „ res beaucoup plus clairs, dans le cœur d'un hom- „ me. C'est ce qui arriva aux Théurgistes prati- „ ques ; leur esprit s'égara, leur ame devint fé- „ roce, & leurs mains sanguinaires. Ces excès pro- „ duisirent deux effets opposés. Quelques Chrétiens sé- „ duits par la ressemblance qu'il y avoit entre leur re- „ ligion & la Philosophie moderne, trompés par les „ mensonges que les Eclectiques débitoient sur l'effi- „ cacité & les prodiges de leurs rits, mais entraînés sur „ tout à ce genre de superstition par un tempérament „ pusillanime, curieux, inquiet, ardent, triste, & mé- „ lancholique, regardèrent les Docteurs de l'Eglise com- „ me des ignorans en comparaison de ceux-ci, & se „ précipitèrent dans leurs Ecoles. Quelques Eclectiques, „ au contraire, qui avoient le jugement sain, à qui „ toute la Théurgie pratique ne parut qu'un mélange „ d'absurdités & de crimes, qui ne virent rien dans la „ Théurgie rationnelle qui ne fût prescrit d'une maniere „ beaucoup plus claire, plus raisonnable, & plus précise „ dans la Morale Chrétienne, & qui venant à compa- „ rer le reste de *l'Eclectisme* spéculatif avec les dog- „ mes de notre Religion, ne pensèrent pas plus favo- „ rablement des émanations que des Théurgies, renon- „ cèrent à cette Philosophie & se firent baptiser.

Voilà ce que l'Encyclopédiste nomme *le systême d'extravagances le plus monstrueux qu'on puisse imaginer.* Mais admirez son Antagoniste qui, par une logique que

d'être particuliérement attachée à l'Eglise Romaine, & où un Clergé si respectable veille également à la conservation de la Religion & à celle de l'Etat: & ce scandale n'augmente-t-il pas encore, quand on apperçoit à la tête du livre le nom de son Prince & de son Evêque, auquel on fait certainement l'injure la plus atroce, en débitant un Ouvrage de cette trempe sous une protection aussi illustre. Nous ne saurions jamais croire que l'Auteur fait parvenir ses feuilles périodiques jusqu'à lui, & nous pensons, que l'absence de S. A. S. & E. lui fournit l'occasion de les débiter, sans qu'elle en ait la moindre connoissance. Car sans parler ici du premier rang, qu'elle occupe dans l'Eglise; l'attachement particulier de la maison de Baviere à la Foi Catholique est connu de tout le monde. Et quand notre Université eut l'honneur de complimenter ce Prince à son passage en l'an 1754, les premiers soins de S. A. ont été, de lui recommander bien expressément, de soutenir toujours les intérêts de la Religion.

C'est à vos Supérieurs, Messieurs, de concerter les moyens propres à faire cesser le scandale. S'ils suivent l'exemple de la France dans la suppression du Dictionnaire & du livre *de l'Esprit*, dont celui-ci débite en détail les sentimens & les maximes, l'Auteur a tout à craindre. Et vraiment, comment peut-on se fier à un homme, qui ose ouvertement soutenir ces principes, & qui déclare publiquement, comme nous avons vu, qu'il fait plus de cas de l'approbation de quelques Philosophes, qui pensent comme lui, que des Censures des Magistrats les plus authentiques?

Nous avons l'honneur d'être avec beaucoup de considération & d'estime,

MESSIEURS, &c.

la bonne foi n'avone point, transporte au Christianisme même ces expressions qui sont évidemment relatives aux Théurgies infames & criminelles, par lesquelles les Eclectiques entreprirent de parodier une Religion qu'ils ne pouvoient étouffer. Or pour la parodier, & en imposer à ceux qu'ils vouloient initier à tous les mystéres de la Théurgie, ils conservérent quelques ombres du Christianisme. „ Les Chrétiens, dit l'Encyclopédiste, ne reconnoissoient qu'un Dieu; les Sincrétistes, „ qui s'appellèrent alors Eclectiques, n'admirent qu'un „ premier principe. Le Dieu des Chrétiens étoit en trois „ personnes: le Pere, le Fils, & le St. Esprit. Les Eclec- „ tiques eurent aussi leur Trinité: le premier prin- „ cipe, l'entendement divin, & l'ame du monde in- „ telligible. Le monde étoit éternel, si l'on en croyoit „ Aristote; Platon le disoit engendré; Dieu l'avoit „ créé, selon les Chrétiens. Les Eclectiques en firent „ une émanation du premier principe; idée qui conci- „ lioit les trois systêmes, & qui ne les empêchoit pas „ de prétendre comme auparavant, que rien ne se fait „ de rien. Le Christianisme avoit des Anges, des Ar- „ changes, des Démons, des Saints, des ames, des „ corps, &c. les Eclectiques d'émanations en émana- „ tions, tirèrent du premier principe autant d'Etres cor- „ respondans à ceux là: des Dieux, des Demons, „ des Héros, des ames & des corps. * .... Les Chrétiens „ admettoient la distinction du bien & du mal moral, „ l'immortalité de l'ame, un autre monde, des peines & „ des récompenses à venir. Les Eclectiques se conformè- „ rent à leur doctrine dans tous ces points.... Les Chré- „ tiens avoient différens cultes. Les Eclectiques ima- „ ginèrent deux Théurgies; ils supposèrent des mira- „ cles ils eurent des extases; ils conférèrent l'enthousias- „ me, comme les Chrétiens conféroient le *St.* Esprit; „ ils crurent aux visions, aux apparitions aux exorcis- „ mes aux révélations, comme les Chrétiens y croy- „ oient; ils pratiquèrent des cérémonies extérieures, „ comme il y en avoit dans l'Eglise; ils allièrent la prê- „ trise avec la Philosophie; ils adressèrent des prières aux „ Dieux; ils les invoquèrent; ils leur offrirent des sacrifices; „ ils s'abandonnèrent à toutes sortes de pratiques, qui „ ne furent d'abord que fantasques & extravagantes, „ mais qui ne tardèrent pas à devenir criminelles.

De tous les traits du parallele qui peignent l'Eclectisme, M. Chaumeix s'attache uniquement à celui qui concerne la distinction du bien & du mal moral, l'immortalité de l'ame, un autre monde, des peines & des récompènses à venir: & comme s'il avoit pris le vrai sens de l'auteur, il s'écrie d'un ton triomphant, en apostrophant ainsi les Encyclopédistes: „ c'est à dire „ que pour être sages, & ne pas donner dans le tra- „ vers inconcevable que vous leur reprochez, il faloit „ que les Eclectiques n'admissent, ni la distinction du „ bien & du mal moral, ni l'immortalité de l'ame, ni

* Notez que l'antagoniste de l'Encyclopédie, altérant ce passage, le rend ainsi: „ Le Christianisme avoit des Anges, des „ Archanges, des Démons, des Saints, des Ames, des Corps, „ les Eclectiques en admirent aussi.

„ par conséquent une autre vie, ni des peines & des „ récompenses à venir: en un mot, il faloit qu'ils fussent Encyclopédistes; parce qu'en admettant les „ dogmes des Chrétiens; ils ne faisoient que former „ un systéme d'extravagances le plus monstrueux qu'on „ puisse imaginer. Voilà ce que vous dites; & nous ne „ sçavons que trop que vous avez le malheur de le „ croire.

En lisant de pareilles imputations, la raison cede à toute l'horreur qu'elles inspirent. Car enfin peut-on concevoir un plus grand crime que celui que commet un Théologien, qui s'armant d'un fer sacré, ose en percer des hommes plus religieux que lui dans leurs écrits! *crimine ab uno disce virum.* Nous avons parcouru tous les articles de l'Encyclopédie qui sont attaqués dans les prétendus *préjugés légitimes*, & nous protestons devant Dieu que l'Auteur les a tous à peu près ainsi défigurés, pour jetter sur les Encyclopédistes l'odieux soupçon d'incrédulité & de matérialisme. Nous repétons encore ici que nous ne les justifions point; mais nous prétendons qu'il leur manque encore un accusateur qui les en ait convaincus.

Cependant, Messieurs, c'est sur ce livre où la bonne foi est compromise d'une maniere si indigne, que l'Auteur de la lettre accuse les Encyclopédistes pour avoir droit de nous accuser nous mêmes, parce que nous les avons loués, & que nous avons enrichi notre Journal de quelques uns de leurs articles.

Nous n'essayerons point de justifier ici notre analyse de *l'Esprit*, qui est comprise dans quatre Extraits. Avec la même bonne foi que nous nous sommes justifiés sur les articles où nous avons cru l'attaque injuste, nous confessons ici que dans le second extrait sur tout, il ne seroit pas difficile de trouver quelques expressions peu Orthodoxes. Quoique l'aveu nous coûte, nous croyons devoir, à la Vérité, qui nous est plus chere que notre associé, de convenir, qu'il paroît avoir insinué que la vertu n'est pas immuable ainsi que la nature même de l'homme, avec qui elle a des rapports éternels & nécessaires. Nous avions compté sur plus d'exactitude de sa part; & l'erreur s'étoit déja glissée dans notre Journal que nous ne l'y soupçonnions pas encore. Nous en fumes avertis par quelques rumeurs sourdes. La crainte d'un scandale présent nous empêcha de réparer le scandale passé. Mais aujourd'hui que le cri de la vérité s'est fait entendre, nous armerons notre critique contre *l'Esprit* de toute la force qui ne se trouve point dans les expressions ménagées que l'amitié a dictées à notre Associé. Nous renvoyons à nos premiers Journaux ce que nous avons à dire sur cette importanre matiére.

Loin d'être les Apôtres de la doctrine contenue dans le livre de *l'Esprit*, nous l'avons refutée en mille manieres dans nos Journaux, Le ton soutenu avec lequel nous avons vengé, lorsque l'occasion s'en est présentée, les vérités révélées, auroit dû persuader à nos ennemis qu'elle nous étoit absolument étrangère. C'est une faute, si vous le voulez, comme celles de Libere, d'Honorius & de Jean VIII. Mais de combien d'actes d'Orthodoxie l'avons nous couverte! Si nos Ennemis n'eussent eu que le zèle qu'inspire l'amour de la Religion, auroient-ils attendu si longtems à s'élever contre nos Extraits de l'*Esprit*? Que ne prenoient-ils la plume contre nous, en attendant que l'autorité se déclarât pour eux? Quoiqu'ils en disent, on trouvera toujours mauvais que leur zèle ait éclaté dans un tems où nous le secondions par nos efforts contre l'incrédulité. Le Prince lui même, depuis la foudre qu'il a lancée contre nous, a dit que la lecture de notre Journal lui avoit paru agréable, instructive & intéressante. Si enfin elle lui a échappé des mains, c'est qu'il n'a pu la refuser aux cris importuns d'un certain nombre, dirons nous, de zélés ou d'Enthousiastes.

Leurs raisons, Messieurs, auroient fait peu d'impression sur l'esprit de Son ALTESSE EMINENTISSIME, si vos noms ne leur avoient donné du poids. Il est bien triste pour nous qu'on ait surpris votre signature. Sans vous, ce monument de la foiblesse de leur esprit eût tourné plus à leur desavantage qu'au notre. Si nous avons fait imprimer la lettre à côté de nos raisons, c'est parce qu'il nous importe qu'on sçache dans le monde que vous n'en êtes point les auteurs? Or il ne faut que la lire pour voir qu'elle ne peut revendiquer le sçeau d'une Université aussi célebre que la votre. Nous sçavons de bonne part qu'elle est l'ouvrage d'un Théologien Liégeois, qui a mis en jeu le grand ressort de la Religion. C'étoit l'unique moyen d'en imposer pour un moment à la votre.

Qu'il nous soit du moins permis en finissant, d'adresser aux Liégeois comme à nos Concitoyens (car nous regardions leur ville comme une seconde Patrie pour nous) ces paroles que Ciceron fait dire à Milon. *Valeant cives nostri, valeant, sint incolumes, sint florentes, sint beati: Stet urbs hæc præclara, nobisque patria carissima quoquo modo de nobis merita erit. Tranquillâ Republicâ cives nostri, quoniam nobis cum his non licet, sine nobis perfruantur. Nos cedemus atque abibimus: si nobis Republicâ bonâ frui non licuerit, at carebimus malâ; & quamprimum tetigerimus bene moratam ac liberam Civitatem, conquiescemus: ô frustra suscepti nostri labores! ô spes fallaces! ô cogitationes inanes nostræ!* *

A Liége ce 4me. 7bre. 1759.

---

* Nous finissions cette apologie, lorsque nous avons appris qu'on abusoit de l'autorité du Prince, pour exercer contre nous les véxations les plus iniques. Nous avons pris alors le parti de donner en forme de préface, l'Histoire des persécutions que nous venons d'essuyer.

Un homme de beaucoup d'esprit nous a fait remarquer quelque inexactitude dans ce que nous avons dit de la fornication. Nous reviendrons ailleurs sur cette matiere.

www.ingramcontent.com/pod-product-compliance
Ingram Content Group UK Ltd.
Pitfield, Milton Keynes, MK11 3LW, UK
UKHW021212230726
13926UKWH00001B/469